BLT

Mit der Welt
auf Buchfühlung

Alicia Giménez-Bartlett, 1951 im spanischen Almansa geboren, veröffentlichte bereits zahlreiche Bücher. Ihr Werk wurde unter anderem mit dem »Premio Femenino« für die beste spanische Schriftstellerin ausgezeichnet. Ihr größter Erfolg sind die bisher sieben Romane um die schlagfertige, in Barcelona ermittelnde Inspectora Petra Delicado, die Alicia Giménez-Bartlett zu Spaniens bekanntester Krimiautorin machten. 2004 wurde ihr in Italien der »Ostia Mare Preis« verliehen, wo ihre Bücher – wie in Spanien – erfolgreich verfilmt wurden.

Von Alicia Giménez-Bartlett sind bei BLT lieferbar:

92152 Gefährliche Riten
92162 Hundstage
92172 Boten der Finsternis
92180 Tote aus Papier
92205 Piranhas im Paradies
92246 Samariter ohne Herz

Alicia Giménez-Bartlett

STIMME DES *BLUTES*

Petra Delicado ermittelt

Aus dem Spanischen von
Sybille Martin

BLT

BLT
Band 92298

1. Auflage: September 2008

BLT in der Verlagsgruppe Lübbe

Titel der spanischen Originale:
Muerte en el Gimnasio, El Caso del Lituano,
La Voz de la Sangre, Muerte en el Liceo,
zuerst erschienen in »El Mundo«

Lektorat: Susanne Haffner
Textredaktion: Anette Kühnel, Overath
Umschlaggestaltung: Tanja Østlyngen
Titelbild: © Bob Krist/CORBIS
Autorenfoto: privat
Satz: Textverarbeitung Garbe, Köln
Gesetzt aus der DTL Documenta
Druck und Verarbeitung: GGP Media GmbH, Pößneck
Printed in Germany
ISBN 978-3-404-92298-7

Sie finden uns im Internet unter
www.luebbe.de
Bitte beachten Sie auch: www.lesejury.de

Der Preis dieses Bandes versteht sich einschließlich
der gesetzlichen Mehrwertsteuer

Inhalt

Tod im Fitnessclub

Gegart, der Kerl war regelrecht gegart worden. Ich meine das ganz wörtlich – wie eine Languste auf kubanische Art oder ein Hühnchen in Folie. Tot war er natürlich auch, aber man kann auf viele verschiedene Arten sterben, und diese war wirklich ungewöhnlich. Seine Augenlider waren verschrumpelt, und die Haut ... nun ja, ein ziemlich unangenehmer Anblick. Er war die ganze Nacht in der Sauna dieses Fitnessclubs eingeschlossen gewesen, deren Thermostat auf Höchsttemperatur stand. Sie war von außen verriegelt worden, der Schlüssel steckte noch im Schloss. Ein Unfall? Hatte jemand versehentlich abgeschlossen? Unwahrscheinlich, schon wegen des Dampfes bei diesen hohen Temperaturen. Der Gerichtsmediziner sagte, sein Herz habe versagt. Besser für ihn. Anfangs beeindruckte es mich sehr, ihn anzusehen, doch dann ... alle Leichen haben etwas gemeinsam, sowohl diejenigen, die gewaltsam zu Tode gekommen sind, als auch solche, die ganz ruhig in ihrem Bett gestorben sind. Der Kerl war unbeschreiblich hässlich, vermutlich auch schon, bevor er gegart worden war. Mitte dreißig, verdrießliche, grobe Gesichtszüge. Er hieß Pepe Ruiz und war Türsteher einer Diskothek gewesen.

»Synonym für Widerling«, meinte Subinspector Garzón. »Diese Typen kenne ich ganz genau, sie plustern sich auf, wo sie nur können, Kampfhähne. In einer schmucken Uniform und mit einer Pistole im Gürtel fühlen sie sich wie Gary Cooper oder Superman. Spezialisten in Sachen Streit und Schlägereien, die sie selbst anzetteln, wenn's sein muss.«

Die Chefin des Fitnessclubs bestätigte diese Beschreibung:

»Ein schwieriger Mann«, lautete ihr knapper Kommentar, aber schließlich fanden wir doch etwas mehr heraus. Alle im Club hatten die Schnauze gestrichen voll von ihm. Streitsüchtig, angeberisch, aggressiv ... Es hatte auch hin und wieder Streitigkeiten oder Wortwechsel mit anderen Clubmitgliedern gegeben. Bei einer Gelegenheit hatte er dem Fitnesstrainer eine Hantel hinterhergeworfen. Er war zwischen den Frauen herumspaziert und hatte sie anzüglich von oben bis unten gemustert. Niemand hatte ihn gemocht, und zu allem Überfluss war er immer als Letzter gegangen. Nun ja, man würde ihm keine Träne nachweinen, doch ihn umzubringen war etwas anderes ... Die Inhaberin des Clubs hatte ihn nicht hinausgeworfen, weil sie um das Image ihres Geschäfts fürchtete, sie hatte ihn aber mehr als einmal verwarnt. Es war einleuchtend, dass sie es nicht gewagt hatte, sich mit solch einem Tier anzulegen. Alle schrieben sein Verhalten seiner mangelnden Intelligenz zu: Er sei fast ein Borderliner gewesen. Garzón bat mich, ihm dieses Wort zu erklären.

»Es handelt sich um einen englischen Begriff, der benutzt wird, um nicht offen auszusprechen, dass jemand geistig minderbemittelt ist.« Das gefiel ihm. Englisch sei eine sehr barmherzige Sprache. Ein Borderliner. Gehirne an der Grenze, die die Normalität vom Schwachsinn trennt. Garzón versicherte, dass er das Wort in seinen Wortschatz aufnehmen würde, draußen liefen genug Borderliner herum.

Der Ermordete war alleinstehend gewesen und hatte bei seiner verwitweten Mutter gelebt. Wir fuhren zu ihr in ihre schäbige Wohnung voller getrockneter Blumen und Spitzendeckchen. Sie weinte wie Maria Magdalena – man hatte ihren Borderliner ermordet. Nach ihrer mütterlichen Version war er der perfekte Sohn gewesen: ein freundlicher Junge, fleißig und zart besaitet. Gewalttätig? Niemals! Aber bei seiner Arbeit sei er mit viel Gesindel in Berührung gekommen. Schließlich habe alle Welt um seinen guten Kern gewusst. Er habe keine Freundin gehabt, weil er sich mit Leib und Seele um seine Mutter gekümmert habe. Er sei der beste aller Söhne gewesen.

Ich konnte sie langsam nicht mehr weinen sehen. Es ist nicht gerade ein schöner Anblick, eine alte Frau heulen zu sehen, es verursacht immer Ekel oder Mitleid. Ich schaffte sie mir so schnell wie möglich vom Hals. Sie bat mich um Gerechtigkeit, als würde ich die in der Aktentasche mit mir herumtragen. Ich hätte ihr eine Zigarette anbieten können, mehr nicht. Garzón hörte ihr trotzdem noch eine ganze Weile zu.

»Eine Mutter ist eine Mutter«, sagte er anschließend zu mir.

»Zum Glück leben Mütter nicht hundert Jahre lang«, erwiderte ich. Zur Abwechslung empörte ihn das diesmal kaum. Er fand es unzumutbar, dass ich als Frau bestimmte Konventionen derart infrage stellte. Er hielt das für puren Widerspruchsgeist oder schlicht die Lust zu provozieren, was manchmal stimmte.

Zunächst mussten wir die konkreten Umstände des Falles unter die Lupe nehmen. Das heißt den Tatort. Eine kleine Sauna in der Männerumkleidekabine, die mit einem Schlüssel versehen war, um sie von innen wie von außen abzuschließen. Klar ist, dass jemand nicht von außen abschließt, wenn er ein Dampfbad nehmen will. Kein einziger Fingerabdruck. Die Damen hatten ihre eigene Sauna. Eine eindeutige Aufteilung, die uns auf den Gedanken brachte, dass die männlichen Mitglieder eher als Mörder von Pepe Ruiz infrage kamen, was natürlich umso wahrscheinlicher war, je später sie den Club verlassen hatten. Die Putzfrau fing um 22 Uhr an zu arbeiten, hatte ihn aber nicht gesehen. Sie putzte die Sauna nur einmal die Woche, die restlichen Tage öffnete sie sie erst gar nicht. Hatte sie nicht bemerkt, dass der kleine Raum ungewöhnlich große Hitze ausstrahlte? Die verhärmte, noch recht junge, wenn auch nicht sehr hübsche Frau wirkte, als hätte sie ihre eigenen Sorgen, vielleicht hauptsächlich wirtschaftliche. Es gehörte nicht zu ihren Gewohnheiten, herumzubummeln oder sich besonders neugierig zu zeigen. Die Clubbesitzerin sagte uns, dass die Putzfrau vier Kinder und einen Alkoholiker zum Mann habe. Ich verstand ihren Mangel an Neugier. Die Sauna hatte etwas über Augenhöhe ein kleines Fenster. Jeder hätte hineinschauen und sehen können, ob die Schnecke im Haus ist, meinte Garzón, aber niemand hatte es getan. Das brachte mich auf den Gedanken, dass die Missetat von demjenigen, der als Letzter den Club verlassen hatte, begangen worden sein musste. Wenn Ruiz früher eingesperrt worden wäre, hätte jemand merken müssen, dass der arme Teufel da drinsaß.

»Vergessen Sie die Diskretion nicht«, hielt ich dem Subinspector entgegen. »Wenn man weiß, dass ein Mensch nackt in einem kleinen Raum sitzt, empfindet man es als aufdringlich hineinzusehen.« Garzón schien das einzusehen.

»Darüber hinaus habe ich läuten hören«, fügte ich hinzu, »dass Männer schnell verdächtigt werden, schwul zu sein, wenn sie so etwas tun. So eine Art Anmache.«

»Darauf wäre ich jetzt nicht gekommen . . ., aber selbst wenn wir mal annehmen, dass das mit der Diskretion stimmt, hätte doch noch jemand in die Sauna gehen können und sich darüber wundern müssen, dass sie so heiß war. Es ist sehr unwahrscheinlich, dass das niemand bemerkt haben will. Nein, dieser Kerl wurde erst nachts eingesperrt.«

In dem Fall war völlig klar, was geschehen war: Das Opfer war in die Sauna gegangen, hatte den Schlüssel außen stecken lassen und war drinnen eingeschlafen. Irgendjemand hatte dann entdeckt, dass der Mann wie ein Murmeltier schlief, hatte von außen zugesperrt, den Thermostat auf Höchsttemperatur gestellt und war fortgegangen. Und warum hatte der Borderliner nicht geschrien oder versucht herauszukommen? Möglicherweise aus eigener Dummheit, obwohl die Version, dass er in der Hitze ohnmächtig geworden war und bewusstlos und sanft schlummernd in den Tod gegangen war, plausibler klang.

Ebenso klar war auch, was wir nun zu tun hatten. Ich befahl Garzón herauszufinden, wer nach 18 Uhr den Fitnessclub aufgesucht hatte. Eine ziemlich einfache Aufgabe: Die elektronische Zeiterfassung registrierte anhand des Mitgliedsausweises die Ankunftszeit und den Zeitpunkt des Verlassens jedes Besuchers. Zudem gab es eine Empfangsdame, die um 22 Uhr Feierabend hatte, ein sehr hübsches Mädchen, das die ganze Zeit weinte. Das überraschte mich derart, dass ich sie nach dem Grund fragte.

»Ich mag es nicht, wenn Leute sterben«, lautete ihre Antwort.

Sie rührte mich mit ihren großen blauen Augen und dem kindlichen Gesichtsausdruck … Das bewies mir, dass Barmherzigkeit weder von der Hässlichkeit noch vom Alter hervorgerufen wird und dass sich diejenigen irren, die glauben, dass das Elend der Welt wirklich jemanden interessiert. Wie auch immer, jedenfalls stimmte die Aussage der untröstlichen Rezeptionistin mit der Liste aus der elektronischen Stechuhr überein: Elf männliche Mitglieder waren nach 18 Uhr an besagtem Abend im Club gewesen. Davon waren sieben eine Stunde später wieder gegangen, nachdem sie gemeinsam an einem Fitnesskurs teilgenommen hatten. Also blieben noch vier übrig. Einer ging um acht, ein anderer um halb neun und die letzten beiden fast zur gleichen Zeit gegen Viertel vor neun.

Wir verwarfen den Gedanken, mit dem Grüppchen der Kursteilnehmer zu beginnen. Sieben Uhr abends war zu früh, als dass ihre Aussage über den Hitzegrad der Sauna von Interesse hätte sein können. Wir begannen mit vorsichtigen Verhören der beiden Mitglieder, die als Vorletzte gegangen waren. Derjenige, der um acht gegangen war, war ein Abiturient mit einem Sommersprossengesicht. Ich glaube, insgesamt betrachtet, hat er mehr Fragen gestellt als Garzón. Haben Sie einen Verdächtigen? Glauben Sie, es handelt sich um persönliche Rache? Kennen Sie die Bullen, die den Vergewaltiger in Ensanche geschnappt haben? Nutzt die Polizei das Internet? Sehr clever, das Bürschchen, vielleicht hätten wir ihn in unsere Ermittlungen einbinden sollen. Nur leider fiel der Junge in dem Augenblick aus, als es sich um konkrete Hinweise handelte. Er erinnerte sich weder daran, ob die Sauna eingeschaltet war, noch ob sich jemand darin befunden hatte. Er habe an dem Nachmittag den Toten nicht gesehen, also verdanke er seine hellsichtigen Momente nur seiner Neugier. Wir ließen ihn bedenkenlos ziehen. In Spanien gibt es bislang nur wenige mordende Kinder, es braucht sicher noch viele Jahre hoch entwickelter Zivilisation, um in dieser Hinsicht ein gewisses Niveau zu erreichen.

Das Mitglied, das um halb neun den Club verlassen hatte, war ein Karatekämpfer, der jeden Tag in Einzelsitzungen seine Muskeln trainierte. Er war klein, aber kräftig wie der Stützpfeiler einer romanischen Kirche, und hatte nichts dagegen, dem Subinspector ein wenig von seiner Kunst zu zeigen. Zunächst stieß er so schnell seine Faust in die Luft, dass man sich nicht sicher war, ob er sie wirklich bewegt hatte. Dann machte er völlig konzentriert ein paar Tanzschritte und drehte eine Pirouette, indem er sich ein Bein auf die Schulter legte. Wir waren fast geneigt zu applaudieren. Er konnte nicht verstehen, dass zwei Polizisten wie wir keinerlei Ausbildung im Kampfsport hatten. Um keine Minderwertigkeitskomplexe zu bekommen, antworteten wir, dass unsere Waffen psychologischer Natur seien. Offensichtlich gab er sich mit dieser Erklärung zufrieden. Als wir ihn fragten, ob er irgendwann einmal eine Auseinandersetzung mit Ruiz gehabt hätte, gab er uns mit einem Lächeln zu verstehen, dass wir nichts begriffen hatten.

»Wir Karateka müssen jeglicher gewalttätigen Auseinandersetzung aus dem Weg gehen. Wenn wir auch nur ein bisschen die Kontrolle über unsere Nerven verlieren, könnten wir mit nur einem Schlag jemanden töten.«

Er hatte erlebt, wie das Opfer vor den Frauen angab und den Bizeps spielen ließ, wobei er den schwächeren und jüngeren Männern überhebliche Blicke zugeworfen hatte. So minderbemittelt er auch gewesen sein mochte, war er doch schlau genug gewesen, sich nicht mit denen anzulegen, die ihm das Genick hätten brechen können. Es klang glaubwürdig, dass ein Mann wie dieser Karatekämpfer, der vollständig in der Mystik seines Sports aufging, diesem Rausschmeißer nicht viel Aufmerksamkeit geschenkt und deshalb auch kein Motiv hatte, ihn umzubringen. Hätte er ihm eine Lektion erteilen wollen, hätte es gereicht, ihm einen seiner blitzartigen orientalischen Schläge zu verpassen. Nachdem wir das Fehlen eines Motivs konstatiert hatten, baten wir ihn, noch einmal genau nachzudenken, und hatten Glück, denn er erinnerte sich immerhin daran, dass die Sauna eingeschaltet war, als er den Umkleideraum verließ. Auch war er sich sicher, dass niemand drin gewesen sei. Er selbst hatte einen Augenblick daran gedacht, in die Sauna zu gehen, es dann aber gelassen.

»Das Erweichen der Muskeln ist nicht gut, wie Sie wissen«, sagte er mit komplizenhaftem Blick zu Garzón. Mein Untergebener erwiderte diesen mit dem wissenden Kopfnicken desjenigen, der sich sein Leben lang mit dem Training seiner Muskelmasse beschäftigt hatte.

Na schön, wenn der Karatekämpfer keinen Grund hatte, unseren Mann umzubringen, hatte er auch keinen zum Lügen, was uns zu folgendem soliden Schluss führte: Die Tür war in den letzten Stunden der Öffnungszeiten abgeschlossen worden, also zwischen halb neun und zehn Uhr. Selbst wenn die letzten Mitglieder um Viertel vor neun gegangen waren, blieben uns als mögliche Verdächtige noch immer die Putzfrau und der Fitnesstrainer. Perfekt, es wurde übersichtlicher. So beschlossen wir, die Verhöre der letzten beiden Clubmitglieder in Angriff zu nehmen. Ich verspürte einen kräftigen Schub leidenschaftlicher Neugierde, mit welcher Art von Charakteren wir es diesmal zu tun hatten. Das passiert mir in solchen Momenten öfter, auch wenn ich morgens den Briefkasten öffne. Es handelt sich um ein flüchtiges, aber mächtiges Gefühl, so als ließen sich die möglichen Unbekannten mit faszinierenden Wendungen auflösen, die sich jenseits der Routine des Alltagslebens abspielten. Später war es meist so, dass sich diese Vorahnung nicht erfüllte, dass die Verdächtigen nur gewöhnlich und langweilig waren und dass im Briefkasten nur Kontoauszüge und Rechnungen lagen. Und so war es auch am nächsten Tag. Gewöhnlich und langweilig? Das ist übertrieben ausgedrückt, wenn ich länger über sie nachdenke, sind sie vielleicht gar nicht mal so schlecht…

Danach befragten wir Mateo Serrano, einen viel beschäftigten Manager in einem multinationalen Konzern. Dieser fesche distinguierte Mittvierziger hatte dank seines Fitnesstrainings einen flachen Bauch und einen so muskulösen Brustkorb, dass sich seine italienische Krawatte eindrucksvoll darüber wölbte. Er fühlte sich belästigt und half uns nur widerwillig. Ich glaube nicht, dass ihn der Tod dieses Außenseiters beeindruckte, ihn schmerzte viel mehr der Zeitverlust, den das Verhör mit sich brachte. Er war einer von denen, die lediglich wegen der Verspätung bedauern, dass sich ein Selbstmörder ausgerechnet vor ihren Zug geworfen hat. Außerdem rechtfertigte er sich noch, Mitglied eines Fitnessstudios zu sein, das solche Typen wie Pepe Ruiz aufnahm. »Es liegt eben in der Nähe meines Arbeitsplatzes«, bemerkte er entschuldigend. Ich war der Auffassung, ihm genug Zeit für seine Beschwerdeliste zugestanden zu haben, und begann mit der Befragung. Da schlug seine Klage in Empörung um. Ob er mit dem Opfer einmal gesprochen habe? Absurd! Ein Streit? Er sah mich an, als würde ich scherzen. Tatsächlich konnte man sich den viel beschäftigten Mann kaum im Gespräch mit einem Türsteher vorstellen. Ein Beleg dafür, dass er vielleicht die Wahrheit sagte, war sein Gesichtsausdruck, wenn wir den Toten erwähnten. In den Momenten zeichnete sich in seinem Gesicht ein ähnlicher Ausdruck ab, wie wir ihn alle beim Anblick einer Spinne, eines Reptils oder irgendeines anderen widerwärtigen Kleintiers aufsetzen. Und bekanntlich streitet man mit Spinnen nicht, man beschränkt sich darauf, ihnen aus dem Weg zu gehen oder sie mit der Zeitung zu erschlagen, in diesem Falle mit der

Financial Times. Natürlich hatte er ihn häufiger gesehen, aber es habe nicht den geringsten Anlass für eine Konversation gegeben, sie hätten nicht einmal einen Gruß gewechselt. Auf die Frage, ob er vor Verlassen des Clubs Ruiz' Anwesenheit in der Sauna bemerkt hatte, antworte er lakonisch: »Habe ich nicht drauf geachtet.«

Wir erklärten seine Aussage für im Augenblick ausreichend und gingen zum nächsten Verdächtigen über. Es handelte sich um eine Art Kehrseite der Medaille. Ein Mann um die dreißig mit friedfertigem Gesichtsausdruck und gemächlichem ruhigen Gebaren, Bartträger, schwärmerisch und mit unschuldigem Blick. Tagsüber arbeitete er als Psychiater in einer Krankenhaus-Ambulanz. Unter dem Vorwand, mich diesbezüglich nicht auszukennen, ließ ich ihn erklären, was genau er machte. Zeigte das menschliche Wesen etwa eine unterschiedliche Psyche, je nachdem, ob es dunkel war oder die Sonne schien? Er lächelte verständnisvoll. Nein, tagsüber bedeutete lediglich, dass er noch nicht über genügend Berufserfahrung verfügte, um die stationären Patienten zu betreuen. Was nicht heißen sollte, dass er nicht eine Menge über das menschliche Gehirn wüsste. Er zeichnete uns ein vollständiges Porträt der Psyche unserer Leiche.

»Es war unübersehbar, dass er ein konfliktiver und nicht sehr intelligenter Mann war.«

»Ein Borderliner?«, unterbrach ihn Garzón, um sich etwas aufzuspielen.

»Vielleicht geht es zu weit, ihn einen Borderliner zu nennen, aber er hatte gewiss eine beschränkte Urteilsfähigkeit sowie auch eine eingeschränkte emotionale Kompetenz. Mit seinem aggressiven Verhalten hat er nur auf seine Schwierigkeiten, in Beziehung zu anderen Menschen zu treten und sich Freunde zu machen, aufmerksam gemacht. Ich wette, dass er keine Freundin hatte, stimmt's?«

»Sieht so aus.«

»Das ist immer so bei unsicheren Menschen, die sich ihrer Grenzen bewusst sind. Wenn er einmal eine Liebesbeziehung hatte, dann hat sich diese Person am Ende für ihn geschämt. Die Angst vor dem Verletztwerden treibt diese Menschen zum Angriff, es ist auch eine Art Hilfeschrei.«

»Verdammt!«, warf der Subinspector vielleicht ein wenig unpassend ein.

»Und was mutmaßen Sie über die Psyche des Mörders?«, forschte ich nach.

»Keine Ahnung, wenn Sie mir nicht sagen, wer es ist...«

»Nun, die Amerikaner erstellen mögliche Täterprofile, indem sie sich auf ihr Verhalten stützen.«

»Das wäre ausgezeichnet, Inspectora. Aber ich versichere Ihnen, dass die staatliche Krankenversicherung hierzulande keine solchen Kunststücke von uns verlangt.«

Ich war schon im Begriff, mich demütig zu entschuldigen, als mir plötzlich wieder einfiel, dass dieser Typ, ob er nun Psychiater oder Feuerwehrmann war, nicht als Experte vor uns saß, sondern als Verdächtiger. Ich änderte den Tonfall und versuchte herauszufinden, ob dieser Mann irgendwelche Kränkungen seitens Pepe Ruiz' zu erleiden hatte. Nichts. Seine Geduld und professionelle Sachkenntnis hatten ihn immer davon abgehalten, dem Toten Anlass für Streitigkeiten zu geben.

»Was sollte ich gegen ihn haben? Immerhin war ich der Einzige, der ihn vielleicht verstand. Er hat sich nie mit mir angelegt, und ich habe außer einem Gruß kein Wort mit ihm gewechselt.«

»Haben Sie ihn in die Sauna gehen sehen?«

Das wäre zu viel des Glücks gewesen. Nein, er hatte ihn nicht gesehen, aber er meinte, sich zu erinnern, dass Ruiz noch im Kraftraum gewesen war, als er duschen ging. Das war eine wichtige Information, vor allem, wenn sie stimmte. Endlich hatte jemand bestätigt, dass Ruiz noch länger als bis neun Uhr trainiert hatte. Mit anderen Worten, sollte die Version nicht eigennützig sein, musste er später in den Umkleideraum gegangen sein und gegen zehn die Sauna betreten haben, um seine Seele dem Dampf zu überantworten.

»Glauben Sie, der Psychiater lügt?«, fragte mich mein Kollege. Niemand kann leugnen, dass ein Psychiater der perfekte Lügner sein kann: Kenntnis fremder Reaktionen, Kontrolle der eigenen ... Schwierig wurde es beim Gedanken an das Motiv. Garzón stimmte mit mir überein, dass wir von zu primitiven Gründen ausgingen, die nicht mit der Kultiviertheit unserer Verdächtigen zusammenpassten. Ein Manager, der sich in Schwierigkeiten bringt, um eine Beleidigung oder Herausforderung zu vergelten ...? Ein junger Arzt, der schwache Geister weich kochte ...? Nein, es sei denn, des Pudels Kern läge in der Existenz eines verborgenen Motivs. Wenn man diese Idee durchspielte, könnten ein paar verrückte Dinge herauskommen: dass der Manager eine homosexuelle Beziehung mit dem Toten verschleiern wollte, dass der Psychiater ihn einmal als Patienten behandelt hatte und ein beschämendes Vorkommnis vertuschen wollte …

»Überprüfen Sie die Lebensumstände der beiden Männer, Subinspector.«

Bevor wir die mutmaßlichen Abgründe des Verbrechens inszenieren konnten, mussten wir zunächst von grundlegenden Motiven ausgehen, mit anderen Worten, Beleidigung der Mutter oder eine Prügelei. Zu den wenigen uns verbliebenen Verdächtigen zählte der Fitnesstrainer, der wirklich ein Querulant zu sein schien. Er hatte mehrere öffentliche Zusammenstöße mit Ruiz gehabt, er hatte ihn wegen seines Verhaltens gerügt, ihm gelegentlich den Mund verboten, und bei der schwersten Auseinandersetzung, von der uns berichtet wurde, war er Zielscheibe eines tätlichen Angriffs seitens des Opfers geworden: Ruiz hatte eine Zwei-Kilo-Hantel nach ihm geworfen. Der Fitnesstrainer hielt mit seiner Abneigung gegen den Toten nicht hinter dem Berg:

»Ich hatte wirklich die Schnauze voll von ihm«, erklärte der Muskelprotz. »Abgesehen davon, dass er ständig Streit suchte, die Leute belästigte und sich bei jeder Gelegenheit aufspielte, musste ich wegen ihm an manchen Tagen länger bleiben.«

»Und weswegen?«

»In der letzten Stunde trainieren die Mädels von der Hockey-Mannschaft an den Geräten, eine Art zusätzliches Training. Er machte sie an, er zog sie mit Blicken aus. Schließlich beschwerten sie sich darüber, dass er sich sogar in ihrer Umkleidekabine herumtrieb. An den Abenden, an denen er extrem lästig war, bin ich so lange geblieben, bis sie fertig waren.«

»Haben die Hockey-Damen am Mordabend nicht trainiert?«

»Doch.«

»Und warum sind Sie nicht dageblieben?«

»Hören Sie, eigentlich haben die mich nie ausdrücklich um Schutz gebeten, ich habe es freiwillig getan, aber nicht immer. An dem Abend gab's ein wichtiges Fußballspiel in der Glotze, und wie Sie verstehen werden …«

Ich verstand.

»Soll heißen, die Letzten im Club waren die Mädels.«

»Ja, und dieser Scheißkerl, der nie wieder rauskam.«

Garzón wies ihn streng zurecht: »Vergessen Sie nicht, dass wir von einem Toten reden.«

»Stimmt, ein toter Scheißkerl ist nicht mal mehr ein Scheißkerl.«

Eine zutreffende, wenn auch brutale Bemerkung. Dieses Kraftpaket nahm weder ein Blatt vor den Mund noch begnügte es sich mit halben Sachen. Und mit seiner Aussage hatte er nichts anderes getan, als genug Pfeile abzuschießen, die ihn als Verdächtigen infrage kommen ließen. Folgen Sie der gepunkteten Linie, am Ende steht der Mörder. Ein zu schematisches Motiv für mein Verständnis, für Garzóns ebenfalls. Nicht zu vergessen, dass er mit einem einzigen Schlag seiner stählernen Faust selbst Goliath hätte Sterne sehen lassen. Nein, diese Muskelmasse aus gut trainierten Gliedern hatte es nicht nötig zu töten. Das System mit der Sauna passte auch nicht zu seiner Persönlichkeit, das langsame Garkochen, die Weichteile *al dente*, das fortschreitende Platschplatsch …

Es blieb noch die Putzfrau, im Stich gelassen, eingeschüchtert, so voller Angst vor allem, besonders vor Gott, den sie ununterbrochen beschwor: »Oh, mein Gott! Wie schrecklich, ein Toter! Mein Gott!« Aber Gott schien sie wohl übersehen zu haben, als er das Glück unter den Menschen aufteilte. Obwohl noch relativ jung, war sie schon zehn Jahre verheiratet und hatte vier Kinder. Ihr Mann war ein arbeitsloser Maurer, der, um das naturalistische Bild zu vervollständigen, auch noch der Trunksucht verfallen war. Er war nicht einmal zu Hause,wenn sie im Morgengrauen heimkehrte, nachdem sie den Fitnessclub und eine Bar geputzt hatte. Es gibt viele solcher Geschichten, ich weiß. Doch wenn die Liste der Missstände so lang ist, neige ich dazu, sie als Fiktion zu betrachten. Es klingt mir alles zu sehr nach Kolportageroman. Ich bilde mir ein, das hat mit einem gewissen Sinn für Ästhetik zu tun und nicht nur mit Unsensibilität. Jedenfalls unterbrach ich ihr Jammern trotz Garzóns vorwurfsvollem Blick und bat sie, sich auf den Fall des gegarten Mannes zu konzentrieren. Ich weiß nicht, ob es mir gelang, denn zwischen jedem vernünftigen Satz beschwor sie weiter die Gottheit und weinte Krokodilstränen. Sie konnte sich lediglich daran erinnern, dass die Sauna eingeschaltet war, während sie putzte. Da das öfter geschah, hatte sie sich nicht gewundert. Die Sauna blieb abends in Betrieb, damit sie am nächsten Morgen gleich wieder benutzt werden konnte. Sie hatte sie nicht betreten, sie putzte sie nur einmal in der Woche. Sie hatte auch nicht darauf geachtet, ob jemand drinsaß. Aber sie hatte die Tür mit einem Putzlappen abgewischt, wodurch sie, wie wir schon festgestellt hatten, etwaige Fingerabdrücke entfernt hatte. Der Schlüssel im Schloss? Ja, der steckte. Als sie ihre Arbeit gegen Mitternacht beendet hatte, war selbstverständlich niemand mehr im Club gewesen, also hatte sie wie gewohnt das Licht ausgemacht und abgeschlossen. Und der neongrüne Trainingsanzug, der auf einem Kleiderbügel in der Herrenumkleidekabine gehangen hatte? Den habe sie nicht weiter beachtet. Die Leute ließen immer Zeug liegen. Wenn die Sachen nach zwei Tagen nicht abgeholt wurden, wanderten sie in eine große Kiste für Fundsachen, wo man sie gegebenenfalls suchen konnte. Die Inhaberin bestätigte uns diese Erklärung, zeigte uns die Kiste mit den vergessenen Gegenständen und erzählte uns die typischen Anekdoten über Schuhe, Gebisse, Haarwuchsmittel und drei Monate alte Babys, die angeblich niemandem gehörten.

Na schön, während die gute Frau die Räumlichkeiten putzte, war dieser Kerl ganz in der Nähe ihrer Hände, ihres Körpers, ihrer Atmung gegart worden. Ein paar Stunden später war er nichts weiter als ein mariniertes Perlhuhn, ein Krammetsvogel in Vinaigrette, ein Brathähnchen. Mancher gibt sich sehr viel Müh' mit dem lieben Federvieh ... weil man dann und wann einen Braten essen kann – der bekannte Reim schoss mir unwillkürlich durch den Kopf. Im Leben eines Menschen ist es mehr oder minder ebenso: Sobald du die Flügel ausbreitest, steht schon ein Jäger bereit, der auf dich zielt. In welche Richtung beabsichtigte sich Ruiz emporzuschwingen? Was war sein Fehler gewesen? Der Unterschied zum Federvieh war, dass von seinem Tod nicht einmal zwei böse Lausbuben etwas hatten.

Ein paar Tage später, als wir mit unseren Ermittlungen ziemlich auf der Stelle traten, tauchte Garzón mit einer Aktentasche unter dem Arm im Kommissariat auf. Er öffnete sie mit theatralischer Geste und warf einen Stapel maschinegeschriebenen Papiers auf den Tisch.

»Das ist alles, was ich über die Kerle zusammentragen konnte.«

Er bezog sich auf den Psychiater und den Manager. Ich las die Berichte. Zunächst wirkte das Leben der Führungskraft so sauber wie das Wasser in einem Goldfischbecken. Er war ledig, hatte eine Wohnung in Ensanche, wo er gelegentlich von einer Freundin besucht wurde. Vielleicht verbarg sich in seinem tiefsten Innern eine blutige Bestie, aber bis jetzt hatte er nichts getan, was diese Annahme untermauern würde. Das war zu erwarten gewesen, auch wenn ich ein Doppelleben interessanter gefunden hätte. Und der Psychiater lebte mit einer Universitätsprofessorin zusammen. Sein einziges Laster bestand im gelegentlichen Bingo-Spielen, was für einen Akademiker schon an sich ein Verbrechen ist. Spielschulden bei dem Toten? Natürlich nicht, solche Exzesse gehörten ins Reich der Kriminalromane. Nein, offensichtlich kamen wir auf diesem Weg nicht weiter. Bis jetzt hatten wir nur einen Grund, sie zu verdächtigen, und der lautete: Sie hatten als Letzte den Männerumkleiderraum verlassen. Konnte man das als ausreichend betrachten? Keinesfalls, denn zu allem Überfluss waren sie eigentlich gar nicht die Letzten, die den Club verlassen hatten. Die Liste aus der Stempeluhr gewährte dieses Privileg den Mädchen der Hockey-Mannschaft.

»Aber Frauen ist der Zugang zur Männerumkleidekabine doch verboten«, führte Garzón naiv ins Feld. Konnten wir unsere grundlegenden Ermittlungen auf solch ein konventionelles Verbot stützen? War es etwa nicht auch verboten zu töten? Was waren wir, verstockte Schweizer Polizisten oder englische Bobbys, die die Katze einer alten Frau vom Baum retten?

Wir fingen noch einmal von vorne an und fanden bestätigt, dass die Frauenmannschaft am Mordabend als Letzte im Fitnessstudio gewesen war. Das Motiv? Was wir von Anfang an unterstellt hatten: Streit mit Pepe Ruiz. Und zu dem Streit konnten wir noch etwas anderes hinzufügen, das in letzter Zeit sehr in Mode gekommen war: sexuelle Belästigung.

»Wie soll man eine ganze Mannschaft sexuell belästigen?«, fragte Garzón, ein überaus logischer Gedanke. Aber die Idee war nicht so weit hergeholt, wir könnten es auch Provokation, Exhibitionismus, Nötigung nennen ... nichts, was eine dezidiert sexuelle Handlung zum Ziel hatte. An einem Tag ein Mädchen, am nächsten ein anderes, unmissverständliche Blicke ... halblaute, obszöne Bemerkungen ... Vielleicht reichte das nicht als Beweis für einen Mord, aber konnten wir ernsthaft behaupten, dass es begründete Motive zum Töten gibt? Garzón verhielt sich weiter wie Pinocchios Freund Grille: »Man tötet im Augenblick der momentanen geistigen Umnachtung, aber eine ganze Gruppe kann nicht gleichzeitig geistig umnachtet sein.« Ich fand das gar nicht so abwegig; es gibt Extremsituationen, in denen kollektive Erregung, Wut und gegenseitiges Aufstacheln denkbar sind ... Nein, mein Kollege hatte sie nicht mehr alle, diese Hypothese entsprach nicht seinem Idealbild von der Frau:

»So junge, zerbrechliche Frauen, die sich mit so einem verschlagenen Kerl anlegen, die Brutalität eines Mordes ..., also ich weiß nicht.«

»Waren Sie schon einmal in einer Frauenumkleidekabine?«, unterbrach ich ihn.

»Noch nie«, erwiderte er.

»Also, ich kann Ihnen versichern, das ist ein Spektakel, das zu sehen sich lohnt. Frauen, die völlig schamlos splitternackt herumspazieren, Kommentare jeglicher Art, besonders über Männer ... selbst die spießigsten haben etwas Anzügliches beizusteuern. Damenunterwäsche auf Bügeln, die Frage nach einem Tampon ... Und am schamlosesten sind die Frauen beim Sport, die von klein auf an Trainingslager gewöhnt sind. Gruppengeist, freche Gesänge im Mannschaftsbus, sexuelle Freizügigkeit, Gelächter und Spielchen, Kissenschlachten im Quartier ... Ich will damit nicht sagen, dass sie das zu Mörderinnen macht, aber ich kann mir schon vorstellen, wie sie ganz dreist in die Männerumkleide marschieren, um dem Borderliner einen ordentlichen Schrecken einzujagen. Dann könnte der Plan aus dem Ruder gelaufen sein.«

Garzón schüttelte geistesabwesend den Kopf. Ich glaubte, ihn ein bisschen überzeugt und ganz nebenbei, ebenfalls ein wenig, sein schönes Stereotyp der Vestalinnen, die bei den Olympischen Spielen die Leier spielen, zerstört zu haben.

Wir wappneten uns für die Vernehmung der Mädchen mit einer abgesprochenen Taktik. Da wir beide davon überzeugt waren, dass sie gruppendynamisch vorgegangen waren, bereiteten wir ein Gesamtverhör vor in der Hoffnung, dass eine ähnliche Dynamik die Wahrheit ans Licht bringen würde. Um den sogenannten »Fuenteovejuna«-Effekt, der durch Lope de Vegas Drama einschlägig bekannt wurde, zu vermeiden, würden wir uns nicht schonungslos zeigen, sondern die Fragen mit stoischer Gelassenheit stellen und ihre Schuld als gegeben voraussetzen.

Es waren sieben Verdächtige, keine über zwanzig, und alle trugen denselben blauen Trainingsanzug. Sie wirkten aalglatt, nervös, unkonzentriert, und jede starrte auf einen anderen Punkt auf dem Boden. Ich begann mit meiner künstlich leidenschaftslosen Standpauke:

»Wir haben Beweise dafür, dass ihr Pepe Ruiz umgebracht habt. Wenn eine von euch erzählen will, was passiert ist, ist dies der geeignete Augenblick. Ihr seid zu viele, und es wird nicht leicht sein, die Wahrheit herauszufinden. Wenn ihr nicht redet, muss ich die ganze Gruppe dem Haftrichter übergeben, der wird dann schon wissen, was er mit euch macht.«

Es herrschte weiter absolute Stille, und kaum eine rührte sich.

»Wie ihr euch bestimmt vorstellen könnt, habe ich nicht die Absicht, Zeit zu verschwenden; es ist mir ziemlich egal, wer von euch die Idee hatte, wer ihn eingesperrt hat und wer den Thermostat hochgedreht hat. Aber ich möchte euch die Möglichkeit geben, es zu sagen, vor allem, um davon einen Vorteil vor Gericht zu haben. Es ist nicht dasselbe, vor der Polizei auszusagen oder sich als Angeklagte vor einem Gericht zu verteidigen.«

Eines der Mädchen verzog das Gesicht und begann zu weinen. Ich glaubte schon, der Augenblick der gegenseitigen Beschuldigungen sei gekommen, aber ich irrte mich. Die Mannschaftsführerin war von der wilden solidarischen Sorte, weshalb sie nicht zuließ, dass die ganze Gruppe ins Verderben gestoßen wurde. Entschlossen sagte sie mit klarer Stimme:

»Ich habe diesen Mann eingesperrt, alle anderen waren einverstanden.«

Das vereinzelte Weinen wurde zu einem kleinen Chor aus zwei oder drei Klageweibern. Dann fügte sie unbeirrt hinzu:

»Aber die Saunatemperatur haben wir nicht verändert. Als wir das Studio verlassen haben, war der Thermostat normal eingestellt.«

Ich bat sie um mehr Einzelheiten. Da schlossen sich weitere Stimmen dem Bericht an, was nur das Verständnis erschwerte, aber da es sich auch nicht um einen Roman von John LeCarré handelte, wurde die Sache rasch aufgeklärt. Die Mädchen hatten so viele Spielchen vonseiten dieses unverschämten Kerls ertragen, dass sie schließlich beschlossen hatten, ihm eine Lektion zu erteilen.

»Der Plan war ganz einfach: Wenn alle gegangen wären, wollten wir uns in seine Umkleidekabine schleichen, ein Messer ziehen und ihm drohen, ihm die Eier abzuschneiden.«

Bei dieser unverblümten Aufrichtigkeit machte Garzón einen Satz.

»Doch als wir reinkamen, sahen wir, dass der Blödmann in der Sauna eingeschlafen war. Dann haben wir ihn halt eingesperrt. Er hätte höchstens so lange in der Sauna bleiben müssen, bis die Putzfrau kam. Eigentlich hätte er mehr verdient gehabt.«

Garzón drehte ein paar Runden um die Gruppensprecherin.

»Dann habt ihr hinterher vielleicht unbemerkt die Temperatur hochgedreht?«

Das Mädchen wand sich einen Moment.

»Hören Sie, wir sind keine Monster. Wir wissen, wie weit ein Scherz gehen darf.«

»Aber wenn ihr geglaubt habt, dass die Putzfrau ihn schon befreien würde ...«

»Jedenfalls ist es niemandem in den Sinn gekommen, die Temperatur zu erhöhen.«

»Aber der Thermostat stand auf Höchsttemperatur, und die Putzfrau hat es nicht gemerkt, verhängnisvoll.«

»Hat sie behauptet, sie hätte nichts gemerkt? Haben Sie gespürt, wie heiß die Sauna von außen wird, wenn sie auf Maximum steht? Normalerweise wird sie nie so hoch eingestellt, aber wir haben es einmal ausprobiert. Die Hitze steigt so schnell, dass du dich verbrennst, wenn du das Holz berührst.«

Garzón und ich tauschten Blicke, nicht zufällig mit derselben Erleuchtung.

Wir schickten die Hockeyspielerinnen nach Hause. Garzón war davon überzeugt, dass Pepe Ruiz noch leben würde, wenn er aufgewacht wäre, und die Welt wäre um einen Eunuchen reicher. Ich begreife noch immer nicht, wie schnell er diese Mädchen erst als Unschuldsengel und jetzt als Verschneiderinnen einstufte. Aber Garzón war immer so gewesen, er übertrieb gerne ein wenig.

Die Hypothese der Kapitänin klang absolut vernünftig: Wenn die Sauna so heiß wird, hätte das jeder merken müssen. Wir fragten die Clubchefin, wer am nächsten Tag die Sauna abgestellt hatte, und sie bestätigte uns, dass sie es selbst gewesen war, als sie Ruiz' Leiche gefunden hatte.

»Und hat sie große Hitze ausgestrahlt?«

»Natürlich. Weil sie die ganze Nacht auf Hochtouren gelaufen war.«

»Ist sie denn bei kürzerer Laufzeit weniger heiß?«

Sie rieb sich die Stirn unter ihrem hochtoupierten Pony.

»Um ehrlich zu sein, weiß ich das nicht. Niemand kommt auf die Idee, sie so hoch zu stellen.«

Gut, jetzt war klar, was wir zu tun hatten. Wir gingen in die Herrenumkleidekabine und drehten den Saunathermostat voll auf. Die Hockeyspielerinnen hatten um 21 Uhr den Club verlassen. Die Putzfrau hatte um 22 Uhr angefangen. Wir setzten uns und warteten. Das Anzünden von Zigaretten entweihte die Sportlichkeit des Ortes.

»Glauben Sie das?«, fragte Garzón plötzlich. »Glauben Sie, dass diese Mädchen es gewagt hätten, ihm zu drohen, die Eier abzuschneiden?«

»Ich wüsste nicht, warum sie es nicht hätten tun sollen. Er hat sie ja nicht in Ruhe gelassen.«

»Aber Inspectora, damit hätten sie sich auf sein Niveau begeben.«

»Ja, aber darin besteht doch die Gleichberechtigung, oder glauben Sie etwa, dass wir Frauen nur im Positiven den Männern gleichgestellt sein wollen?«

»Das dachte ich, ja.«

»Dann haben Sie sich geirrt.«

Ich spürte, wie er mich von der Seite ansah und sich dabei die Krawatte lockerte. Kurze Zeit später nahm ich mein Halstuch ab. Noch etwas später öffnete Garzón die oberen Knöpfe seines Hemdes, und ich krempelte mir die Blusenärmel hoch. Es war weder nötig, eine ganze Stunde vergehen zu lassen, noch mussten wir unseren Striptease bis zur völligen Nacktheit ausführen: Nach einer Weile war die Hitze im Raum kaum noch auszuhalten. Ich stand auf und berührte die Saunawand.

»Würden Sie hier mit einem Putzlappen drüberwischen?«, fragte ich meinen Kollegen. Er schüttelte den Kopf und rief dann:

»Und wenn ich es täte, würde mich diese Hitze zurückfahren lassen.«

Die Putzfrau nicht zu den möglichen »Opfern« von Ruiz' Streitsucht und Belästigungen gezählt zu haben war leichtfertig von uns gewesen. Um weitere Versäumnisse auszuschließen, ließ ich vor unserer Befragung eine Liste mit den Zeiten anfertigen, zu denen der Tote in den letzten zwei Monaten den Club verlassen hatte. Wir hätten das berücksichtigen müssen. Ruiz war immer weit nach 22 Uhr gegangen. Wann genau, konnten wir nicht herausfinden, weil die Uhr so eingestellt war, dass sie die Zeiten nach der Schließung nicht mehr erfasste. In der Aufzeichnung stand nur »After Hour« (der Apparat war in Schweden hergestellt). Jedenfalls hätte Ruiz, wissend, dass sie beide allein waren, mehr als einmal Gelegenheit gehabt, diese Frau zu belästigen.

Diesmal sah ich mir die Putzfrau genauer an. Ihre Augen waren leicht verträumt, ihre Hände rissig vom vielen Putzen mit Chlorbleiche, ihr Haar von den vielen Dauerwellen stumpf, und ihre Gesichtszüge hätte man fast schön nennen können, wenn nicht Müdigkeit und Verbitterung ihre Spuren hinterlassen hätten. Sie setzte sich mit hängenden Schultern, als laste ein großes Gewicht auf ihnen. Sie hatte Angst, aber sie schien dieses zweite Verhör nicht zu überraschen, vielleicht war sie daran gewöhnt, mit dem Schlimmsten zu rechnen. Sie starrte auf ihre Füße in den groben Schuhen. Ich suchte in meinen Aufzeichnungen nach ihrem Namen.

»Rosario«, sagte ich, »werden Sie Rosario genannt?«

»Charo«, antwortete sie.

»Charo, es gibt etwas, das in Ihrer Aussage unstimmig ist. Wir haben festgestellt, dass die Sauna sehr heiß gewesen sein muss, als Sie die Tür putzten. Es ist merkwürdig, dass Sie das nicht bemerkt haben, dass Sie die Temperatur nicht heruntergedreht haben, dass Sie nicht nachgesehen haben, ob jemand drin ist.«

»Ich habe nicht darauf geachtet«, sagte sie.

»Ist Ihnen nicht aufgefallen, dass sie glühte?«

»Nein.«

»Aber nach Ihnen ist niemand mehr hereingekommen. Die Türen waren nicht aufgebrochen, auch kein Fenster. Sagen Sie mir also, wie wir uns das erklären sollen?«

»Ich habe die Sauna nur von außen abgewischt und nichts bemerkt.«

»Sollen wir Ihnen beweisen, dass das nicht stimmen kann?«

Sie starrte weiter auf ihr billiges Schuhwerk. Ich machte Garzón ein Zeichen. Wir drei gingen in die Herrenumkleidekabine. Ich bat die Verdächtige, sich zu setzen, auch Garzón setzte sich. Ich drehte die Sauna auf Höchsttemperatur und ging zum Warten zu ihnen. Ich bot meinem Kollegen eine Zigarette an und dann auch ihr. Sie lehnte ab. Wir rauchten schweigend. Wir hatten vereinbart, solange wir hier saßen, das Verhör auszusetzen, keine Bemerkung zu machen, nichts zu sagen. Die erste Viertelstunde verging relativ ruhig. Die Frau rührte sich nicht, sie hatte eine förmliche Haltung eingenommen, die sie sich bemühte aufrechtzuerhalten. Die Hitze machte sich schnell bemerkbar. Ich knöpfte meine Jacke auf. Nach zwanzig Minuten bat mich Garzón dienstbeflissen um Erlaubnis, seine Jacke ausziehen zu dürfen. Ich erlaubte es ihm. Nach einer halben Stunde war der Umkleideraum ein Backofen. Über das Gesicht der Putzfrau rannen Schweißperlen. Sie verharrte in derselben Haltung, hatte jetzt aber die Fäuste geballt. Ich war bereit, bis zum Ende durchzuhalten. Ich stand langsam auf und ging ohne ein Anzeichen von Ungeduld zu der kleinen Sauna und berührte die Wand. Ich ließ meine Hand zurückfahren, als hätte ich mich verbrannt, vielleicht etwas übertrieben. Da sah ich, wie die Frau mich voller Entsetzen ansah.

»Kommen Sie bitte her, und berühren Sie diese Wand, Charo.«

Sie sagte verwirrt und zögerlich:

»Vielleicht bin ich mit dem Putzlappen versehentlich an den Thermostat gekommen.«

Ich schüttelte den Kopf.

»Schauen Sie her, das Rädchen hat einen Sicherheitsmechanismus, man muss es drücken, um es drehen zu können. Es kann unmöglich ein Versehen gewesen sein. Ich bitte Sie, uns endlich zu erzählen, was passiert ist, doch wenn Sie wollen, warten wir auch die volle Stunde.«

Sie begann, krampfartig zu weinen, und schlug die Hände vors Gesicht. Garzón, der schwitzte wie ein Boxer, machte Anstalten aufzustehen, um die Sauna auszuschalten. Ich hielt ihn zurück.

»Werden Sie mit uns reden?«

Sie nickte. Daraufhin stürzte der Subinspector auf den Thermostat zu und drehte ihn herunter.

»Ich dachte schon, ich kriege einen Kreislaufkollaps«, sagte er in dramatischem Tonfall.

Wer hätte an ein Verbrechen aus Leidenschaft gedacht? Meine Mutter pflegte zu sagen: »Gleich und gleich gesellt sich gern«, und Garzóns Mutter: »Auf jeden Topf passt ein Deckel«. Mithilfe solch mütterlicher Weisheit konnten wir uns nun vorstellen, wie dieser arme, hässliche, streitsüchtige und verleumdete Geistesgestörte unsere unglückliche Verdächtige verführt und sie dazu gebracht hatte, ihn umzubringen. Die Geschichte war einfach, oder vielleicht auch nicht, doch sie war wenigstens begreiflich und zusammenhängend. Pepe Ruiz hatte bei Rosario eine Ausnahme gemacht, er hatte sie anders behandelt, er hatte sie weder mit üblen Anzüglichkeiten einzuschüchtern versucht noch sonst wie sexuell belästigt. Ganz im Gegenteil, er war ganz mitfühlend auf sie eingegangen, hatte ihr zugehört, hatte sie über das Leid, das sie in ihrer Ehe erlitt, hinwegzutrösten versucht und schließlich von Liebe gesprochen. Wie kam es zu diesem Wandel in seinem Verhalten? Die Putzfrau erklärte es kategorisch:

»Ich habe ihn von Anfang an wie einen Menschen behandelt, ich respektierte ihn. Glauben Sie ja nicht, dass er keinen Grund gehabt hätte, so mit den Leuten umzuspringen, oder glauben Sie, er war grundlos so grausam? Für die anderen war er ein komischer Kauz. Sie wandten sich ab oder verspotteten ihn. Höhnische Blicke, Sticheleien ..., ›Wie viel Kilo hast du denn heute gestemmt, Pepe, einen ganzen Lastwagen?‹ Sie glaubten, er sei ein Idiot, aber er kriegte alles mit, er wusste, dass die anderen ihn verachteten.«

Sie trafen sich fast jeden Abend im verwaisten Fitnessclub. Sie schüttete ihm ihr Herz über ihr erbärmliches Leben aus, er versprach, sie auf Händen in ein besseres Leben zu tragen. Der Fehler bestand natürlich darin, etwas zu versprechen, was über seine Möglichkeiten ging: sie von ihrem Mann zu trennen, sich um ihre Kinder zu kümmern. Ihr Fehler war noch größer, weil sie geglaubt hatte, er sei dazu fähig.

»Seine Mutter ist an allem schuld!«, schrie uns Rosario plötzlich unglaublich heftig ins Gesicht. »Er war wie ein Kind, und sie hatte ihn unter ihrer Fuchtel. Er hatte ihr gesagt, dass wir zusammenleben wollen. Da ist die Frau ausgeflippt und hat ihn gegen mich aufgehetzt.«

»Hatte Pepe seine Meinung geändert?«

»Er wollte danach nichts mehr von mir wissen. Diese Metze hat ihm eine Menge Unsinn eingeflüstert. Dass ich ihn mir angeln wollte, dass ich ihn nur benutzte, dass ich ihm meine Probleme aufhalsen wollte ... Sie ertrug die Vorstellung nicht, dass sich ihr Sohn von ihrem Rockzipfel lösen wollte.«

»Und deshalb haben Sie ihn umgebracht?«

»Ich habe ihn nicht umgebracht. Die Sauna war schon von außen abgeschlossen, als ich hereinkam. Außerdem hat sie innen auch einen Thermostat, er hätte ihn runterstellen können.«

»Er war aber eingeschlafen.«

»Er hätte von der Hitze wach werden können.«

»Das sind alles Vermutungen, Charo. Er ist aber nicht aufgewacht, und jetzt ist er tot, weil du das gemacht hast.«

»Aber auch, weil die Mädchen das gemacht haben.«

»Wenn dich das tröstet ...«

»Ich bin keine Mörderin. Aber hoffentlich komme ich ins Gefängnis, da kann ich mich endlich einmal ausruhen.«

Es war nicht an uns zu bestimmen, ob die Geständige eine Mörderin war oder nicht. Das war Sache des Richters mit seinen Gesetzen und seinem Gewissen. Zum Glück war unsere Arbeit hier zu Ende. Ich fühlte mich erleichtert, nicht über einen solchen Fall urteilen zu müssen. Verbrechen aus Leidenschaft sind schon für sich genommen heikel. Dieses wies zudem ziemlich unschöne Begleiterscheinungen auf. Was für eine Liebesgeschichte! Die Hauptdarsteller waren nicht gerade Romeo und Julia oder Dante und Beatrice. Zwei Menschen, die vom Leben geprügelt, gebeutelt, getreten, vergessen wurden, ohne Fähigkeiten, ohne Schönheit, ohne Glück. Aber niemand würde bezweifeln, dass ihre Geschichte letzten Endes eine Liebesgeschichte war. Vielleicht handelte es sich um eine schäbige Liebesgeschichte, um eine Leidenschaft ohne epische oder poetische Dimensionen, ohne Anmut, ohne göttlichen Odem, ohne grenzüberschreitenden Geist. Sie trafen sich an manchen Wochentagen in einem Fitnessclub und fanden in der Sauna, im Besenschrank, auf einer Bank, auf einem Trainingsgerät Zuflucht. Sie liebten sich und redeten; ich würde sagen, auf diese Weise spendeten sie sich gegenseitig einen gewissen Trost. Warum muss die Liebe notwendigerweise schön sein, eingerahmt oder in ein Buch gepackt oder wie eine Symphonie interpretiert werden? Nein, es gibt Liebesgeschichten, die ekeln einen an, und dann enden sie fatal. Ich tendiere trotzdem zu der Vorstellung, dass sich die Liebenden Sekunden der Seligkeit schenken, wenn sie diese Leidenschaft ausleben, so schmutzig ihre Beziehung auch sein mag. Kann passieren, dass ein Minderbemittelter wie eine Bratwurst auf dem Grill endet, aber in seinem verbrannten Körper verbleibt etwas vom verliebten Goldstaub. Was die Frau anbelangt, sie würde ins Gefängnis gehen, wo sie endlich ausruhen könnte, wie sie selbst gesagt hatte. In diesen Stunden des Friedens würde sie sich gewiss an die in der Vergangenheit zärtlich geraunten Worte erinnern, und sie würde sie vielleicht als das Beste, was ihr je widerfahren war, empfinden.

Epilog

»Groschenheftliteratur, Inspectora«, urteilte Garzón, als ich ihm meine philosophischen Gedanken über den gelösten Fall vortrug.

»Und welche Schlüsse ziehen Sie daraus?«

»Dass man sich vor Frauen in Acht nehmen muss.«

»Mein Gott!«

»Dieser arme Teufel wurde von Frauen hopsgenommen, die ausgesprochen viel Erbarmungslosigkeit bewiesen haben.«

»Schauen Sie, Subinspector, weibliche Erbarmungslosigkeit ist eine Sache von Schauspielerinnen mit Zigarettenspitzen aus Elfenbein. Den Putzfrauen mit ihren trunksüchtigen Männern bleibt nur die Verzweiflung.«

»Das ist ja alles schön und gut, Petra, aber man darf nicht töten.«

Ich sah ihn fest an und schnalzte dabei mit der Zunge.

»Was werden Sie jetzt tun, mir die zehn Gebote herunterbeten?«

Er lachte auf.

»Ich habe nicht die Absicht, Gott zu spielen, obwohl ich durchaus ein paar Wunder vollbringen kann.«

»Zum Beispiel?«

»Wasser in Whisky zu verwandeln ...«

Jetzt lachte ich.

»Was halten Sie davon, wenn wir dieses muffige Kommissariat verlassen und in die Bar gehen?«

Natürlich ging ich mit. Ich vermute, Garzón ist ein hoffnungsloser Fall für die Sache der Frauen, wenn es sie denn überhaupt gibt. Ich vermute auch, dass es immer weniger dieser Sachen gibt, und je weniger, desto verlorener sind sie. Jedenfalls wollte ich ihm auch keine Szene machen, im Stile einer Suffragette mit Blumenhut und Flugblättern. Ich überquerte mit ihm die Straße zum La Jarra de Oro, und wir tranken ein paar Gläser ohne große Lust auf Polemik. Wir stießen auf die Gesundheit der Frauen und der Männer, auf schäbige Liebesgeschichten und auf Geisteskranke an, und als wir schon ein wenig beschwipst waren, stießen wir auf die göttlichen Gebote und abschließend auf Gott selbst an.

Der Fall des Litauers

Eins

Garzóns Witze erheitern mich fast immer. Er pflegt sie mit frechem und derbem Humor über unsere Fälle zu machen. Dagegen ist nichts zu sagen. Wenn auf der Welt sowieso nichts mehr heilig ist, dann kann es auch unser verdammter Beruf nicht sein. Doch bei den ersten Schritten in einem Mordfall und mit dem Toten noch am Tatort sind seine ironischen Kommentare manchmal unpassend. Vielleicht hat er einfach mehr Erfahrung und deshalb wohl ein dickeres Fell.

An jenem Morgen platzte er nach einem Blick in den Pass, den wir gerade gefunden hatten, damit heraus:

»Rimantas? Rimantas ist ein Name? Wahnsinn! Stellen Sie sich mal vor, in Spanien gäbe man jemandem so einen Namen, Inspectora! So jemand würde ständig aufgezogen: Rimantas liebt seine Mantas! Rimantas will nur Fantas! Wer den Schaden hat, braucht für den Spott nicht zu sorgen.«

Ja, das konnte ich mir vorstellen, Gespött, auf das er jetzt noch einen draufsetzen musste. Ich las die persönlichen Daten des Toten und hoffte, dass mein Untergebener jetzt genug gewitzelt hatte. »Rimantas, Laztdelis. Geboren am 20. Juli 1967 in Litauen.« Dann sah ich mir die Leiche genauer an: Es handelte sich um einen blonden schlanken Mann mit athletischem Körper, der

Sportkleidung und Mokassins trug. Seine Gesichtszüge ließen sich nicht genau bestimmen, weil die tödliche Kugel ihm eine Gesichtshälfte sowie die Nase zerfetzt hatte. In seiner rechten Hand, steif wie ein Haken, hielt er eine Pistole.

»Und?« Garzón wollte wissen, wie mein erster Eindruck war.

»Alles scheint darauf hinzudeuten, dass er jemanden mit der Waffe überfallen wollte, dann gab es ein Handgemenge, und der Schuss traf den Angreifer im Gesicht.«

»Richtig, und dieser Jemand ist geflohen, womit bewiesen wäre, dass er kein reines Gewissen hatte. Es handelt sich also nicht um einen normalen Mitbürger, der in Notwehr gehandelt hat.«

»Haben normale Mitbürger denn ein reines Gewissen?«

»Zumindest rein genug, um die Polizei zu rufen und den Vorfall zu schildern. Wenn jemand überfallen wird und man ihm dabei eine Pistole unter die Nase hält und er genug Mut hat, sie dem Angreifer zu entwinden, ist es wohl am logischsten, hinterher über den Vorfall Anzeige zu erstatten.«

»Das soll heißen, dass mutige Mitbürger ein reines Gewissen haben?«

Gárzon warf mir einen schrägen Blick zu.

»Meine liebe Chefin, lassen Sie uns nicht so viele Worte verlieren. Sie wissen ganz genau, was ich meine.«

»Kann es nicht sein, dass allein die Nationalität des Toten – sicherlich ein Einwanderer aus dem Osten – Sie bereits an finstere Machenschaften und Racheakte denken lässt? Anders ausgedrückt: Sind Ihre Schlussfolgerungen nicht fremdenfeindlich geprägt?«

»Kommen Sie, Petra, fangen Sie nicht schon wieder an! Wenn die Ballistik es bestätigt, wurde dieses Engelchen mit seiner eigenen Waffe ermordet, und jemand, der eine Pistole bei sich trägt, hat zweifelsohne eine Vergangenheit, aus welchem Land er auch immer stammen mag.«

»Wir haben alle eine Vergangenheit, und die ist manchmal düsterer als der schlimmste Racheakt.«

Er schnaubte verärgert. Mir machte es Spaß, ihn auf die Palme zu bringen. Es war sowohl ein Sport als auch die ideale Methode, ihm den Wind aus den Segeln zu nehmen, wenn er allzu überzeugt von etwas war. Der Gerichtsmediziner, der währenddessen den Toten untersuchte, verfolgte unseren Wortwechsel ziemlich verblüfft. Er meldete sich zu Wort, indem er mit dem ausgestreckten Zeigefinger wedelte: »Wenn Sie fertig gestritten haben, würde ich Ihnen gerne mitteilen, dass dieser Mann um ein Uhr nachts gestorben ist. Der Schuss hat ihm das halbe Gesicht zerfetzt, weil er aus nächster Nähe abgegeben wurde, weshalb das hier bestimmt auch die Mordwaffe ist. Und es gibt Kampfspuren, aber es muss ein kurzer und schneller Kampf gewesen sein. Das ist nur eine erste Analyse, das Resultat der Autopsie bekommen Sie im Laufe der Woche. Jetzt können Sie weiter philosophieren, wenn Sie möchten.«

Er fand unseren kleinen, deduktiven Disput offensichtlich blödsinnig und verhehlte seine Geringschätzung nicht. Es ist ja allgemein bekannt, dass Gerichtsmediziner intolerante Menschen sind – eben typisch für Leute, die immer nur mit Patienten zu tun haben, die nicht mehr widersprechen können.

Wir erkundeten die Straße, eine Parallelstraße zur Avenida Diagonal, keine Wohngegend, es gab praktisch nur Bürogebäude. Die Leiche lag ungefähr zwanzig Meter von einer öffentlichen Tiefgarage entfernt. Der Wachmann der Nachtschicht hatte weder etwas gesehen noch gehört und nicht einmal mitbekommen, dass zur Tatzeit ein Auto das Parkhaus verlassen hatte. Er hatte seine Runde in den unteren Etagen gedreht, um sich zu vergewissern, dass alles in Ordnung war. Man weiß ja nie! Der Subinspector, misstrauisch bis ins Mark, mutmaßte allerdings, dass er womöglich wie ein Murmeltier in seinem eigenen Wagen geschlafen hatte. Wir stellten das Videoband sicher, das alle Bewegungen an der Ausfahrt aufzeichnete. Falls der Täter in der Tiefgarage gewesen war, bevor er von Rimantas überfallen wurde, musste sein Auto auf dem Band sein.

Das Schicksal zeigte sich gewogen und bescherte uns eine Zeugin. Dolores Ortega, Putzfrau in einem Versicherungsgebäude, kam zu unserem kleinen Polizeiaufgebot und ließ uns wissen, dass sie zur Tatzeit dumpfe Geräusche gehört habe, die sie sofort als Schüsse identifizierte.

»Haben Sie aus dem Fenster gesehen?«

Ihre müden Augen wurden ganz lebendig und starrten mich ungläubig an.

»Ich?«

»Sagten Sie nicht gerade, Sie seien sich sicher, dass es sich um Schüsse handelte?«

»Eben deshalb! So neugierig bin ich nun auch wieder nicht, dass ich mein Leben riskiere. Zum Glück habe ich nicht hinausgeschaut, denn wenn ich den Mörder gesehen hätte, müsste ich jetzt eine Aussage machen, und er würde mich vielleicht verfolgen, um auch mich zu erschießen.«

Diese Antwort machte zwei Dinge eindeutig klar. Erstens: Der Subinspector hatte nicht recht. Der Normalbbürger neigt eher zum Weglaufen, um sich keine Schwierigkeiten einzuhandeln. Zweitens: Das spanische Volk sieht zu viele amerikanische Fernsehkrimis.

Jedenfalls hatten wir die Zeugenaussage: zwei Schüsse. Eine der Kugeln steckte im Kopf des Litauers. Und die andere? War der Mörder verletzt davongelaufen? Das hätte uns die Sache enorm erleichtert, denn wenn es Verletzte gibt, gibt es auch Krankenhäuser, und Krankenhäuser informieren die Polizei. Garzón lief los, um sich bei den Krankenhäusern zu erkundigen, während ich die Spurensicherung anwies, den Tatort noch einmal nach einem Projektil abzusuchen. Eine Stunde später kehrte Garzón entmutigt zurück. Keine Ambulanz hatte einen Schussverletzten behandelt. Es wäre zu viel des Guten gewesen. Aber wir hatten Glück im Unglück: Zwei Stunden später fand die Spurensicherung die zweite Kugel. Sie hatte sich zwischen Gehweg und Straße gebohrt, wenige Zentimeter neben den Rinnstein. Das Projektil wurde so vorsichtig, als handle es sich um ein Neugeborenes, in ein Glas gelegt. Die Ballistik würde später etwas darüber sagen können.

Gut, das kleine Chaos, das auf das Auffinden eines Mordopfers folgt, löste sich langsam auf. Die besagten Projektile waren auf dem Weg ins Labor. Das medizinische Gutachten ebenfalls. Die Beweise und Zeugenaussagen waren zu Protokoll genommen. Jetzt musste nur noch die Leiche abtransportiert werden, was der Untersuchungsrichter schließlich anordnete, als schon der Morgen graute. Wir sahen zu, als sie in den Leichenwagen geschoben wurde.

»Adios, Rimantas, grüß mir die Mantas!«, witzelte der Subinspector noch.

Zwei

Das war ein schwieriger Fall, ich erinnere mich genau. Zwar hatten wir Indizien, von denen wir ausgehen konnten. Die Autopsie bestätigte den ersten Eindruck des Gerichtsmediziners: Die Kugel in Rimantas' Schädel war aus der Pistole abgefeuert worden, die er in der Hand hielt. Das andere, auf der Straße gefundene Projektil stammte aus derselben Waffe. Die Sachverständigen fanden auf ihr Reste von schwarzem Lack, woraus wir schlossen, dass sie an einem Auto abgeprallt oder durch die Karosserie geschlagen war, bevor sie sich in den Asphalt gebohrt hatte. Darüber hinaus hatte das Videoband aus der Tiefgarage Bilder eines dunklen Golf GTI aufgezeichnet, der kurz vor ein Uhr, dem Todeszeitpunkt des Litauers, die Rampe hochfuhr. Das Kennzeichen konnte man nicht erkennen, auch den Fahrer nicht. Die hypothetische Rekonstruktion der Geschehnisse, die ich zusammen mit Garzón anstellte, erlaubte weder Zweifel noch Varianten: Das Opfer befand sich auf der Straße, als der Wagen die Tiefgarage verließ, und hatte bestimmt auf ihn gewartet. Es handelte sich nicht um einen zufälligen Überfall. Der Fahrer fuhr die zwanzig Meter von der Garagenausfahrt bis zu der Stelle, wo Rimantas stand. Der Fahrer des Wagens hielt und stieg aus, der Schusskanal im Gesicht der Leiche bewies, dass der Schuss im Stehen abgegeben wurde. Sie hatten kurz, aber nicht heftig miteinander gerungen, und aus der Pistole hatten sich zwei Schüsse gelöst, die zweite Kugel hatte Laztdelis' Leben ein Ende gesetzt. Danach war der mutmaßliche Mörder geflohen. Es gab keine anderen Fingerabdrücke auf der Waffe als die des Litauers, ein untrügliches Zeichen dafür, dass der Mörder sie vorher abgewischt hatte. Sonst hätten wir außer Rimantas' Fingerabdrücken noch andere finden müssen.

»Inspectora!«, rief der Subinspector. »Dann ist ja alles klar wie Kloßbrühe.«

»Und dabei bin ich heute so gut in Form.«

»Ich verstehe nicht, worauf Sie hinauswollen.«

»Ich will damit nur sagen, dass es schwieriger wird, als es aussieht.«

»Versuchen wir, das Auto zu finden.«

»Vergessen Sie's, das ist kein Rolls Royce, von denen es nur vier in Barcelona gibt, sondern ein Allerweltsauto und zudem ein älteres Modell. Und kommen Sie bloß nicht auf die Idee, dass wir alle Autowerkstätten der Stadt befragen sollen, ob jemand ein Einschussloch hat reparieren lassen.«

»Ich hatte nicht die Absicht. Ich weiß, das klingt vielleicht absurd, aber ich habe die Hoffnung, dass ein unbescholtener Mechaniker die Polizei informiert, wenn der Wagen in seine Werkstatt gelangen sollte.«

»Ich weiß schon, einer dieser Mitbürger mit reinem Gewissen.«

»Es gibt sie wirklich, auch wenn Sie es nicht glauben wollen. Es kann auch sein, dass der Mörder sich des Wagens entledigt hat, dann müssten wir den Gebrauchtwagenhandel abklappern.«

»Wozu die Mühe? Der Händler mit dem reinen Gewissen wird schon von selbst zu uns kommen.«

»Na schön, Inspectora! Was wollen Sie hören? Dass dies ein unlösbarer Fall ist, dass die Menschen von Natur aus böse sind oder so etwas? Da Sie so negativ eingestellt sind, fänden Sie das wahrscheinlich auch noch wunderbar.«

»Sagen wir, ich vertraue eher darauf, dass sich die Fingerabdrücke des Toten in unserer Datenbank finden lassen.«

»Ja, dann wäre es wirklich klar wie Kloßbrühe.«

»Was haben Sie bloß mit Ihrer Kloßbrühe?«

»Also gut, Inspectora, das haben Sie bestimmt noch nicht ausprobiert. Aber ich bin davon überzeugt, dass Sie ganz gut kochen können. Morgen bringe ich Ihnen einen Suppentopf und die Zutaten mit. Oder fänden Sie es vielleicht reizvoller ...?«

»Verarschen Sie mich nicht, Garzón!«

Er kicherte vor sich hin wie ein schlechter Volksschauspieler. Er wusste ganz genau, wie er mich reizen konnte, und wenn es ihm gelang, freute er sich wie ein Schneekönig. Wir sind eben manchmal wie Kinder, was man von zwei tapferen Kämpfern gegen das Verbrechen nicht erwartet.

Ich wollte keinesfalls mit Garzón kochen, konnte aber einen Triumphschrei nicht unterdrücken, als man uns sagte, dass Laztdelis in unserer Datenbank stand. Wie es sein gültiger Reisepass hatte vermuten lassen, war er vor drei Jahren legal in Spanien eingereist. Sein Beruf, der in der Akte angegeben war, ließ mich erschaudern. Er war

Fremdenlegionär gewesen und hatte in verschiedenen Kriegen auf allen fünf Kontinenten gekämpft. So wie Garzón gesagt hatte, kaum dass er einen Blick auf ihn geworfen hatte: ein »Engelchen«. Er war vor zwei Jahren wegen eines kleineren Drogendelikts erwischt worden, hatte eine dreimonatige Strafe im Gefängnis Modelo abgesessen und war danach nicht mehr mit dem Gesetz in Konflikt geraten. Er wurde als Fahrer einer Transportfirma geführt, und sogar seine Adresse stand uns zur Verfügung.

»Beginnen wir damit, seiner Wohnung einen Besuch abzustatten.«

»Habe ich es nicht gesagt, Inspectora? Ich habe es Ihnen gesagt – jetzt haben wir Rückenwind!«

Im Stillen war ich Garzón dankbar, dass er jetzt wenigstens die Seemannssprache für seine Vergleiche bemühte, das war immer noch erträglicher als diese kulinarischen Anspielungen.

Das Heim unseres Söldners befand sich im Stadtteil Raval, und zwar in der Wohnung der Witwe Matea Domínguez, die sie als Pension nutzte, sicher illegal und ohne Genehmigung. Es gab fünf verwahrloste Zimmer, die sie an Immigranten vermietete. Matea Domínguez empfing uns so misstrauisch, dass mir sofort klar wurde, dass die Dinge hier hochgradig rechtswidrig abliefen.

»Ja, er wohnte hier fast sechs Monate. Am Anfang war er ziemlich knapp – er konnte zum Monatsende die Miete nie pünktlich zahlen. Aber dann scheint er eine gute Arbeit gefunden zu haben oder so etwas, denn er hatte jeden Tag mehr Geld, das habe ich gemerkt. Schließlich ist er ausgezogen, klar, ich vermute, in eine eigene

Wohnung. Das ist immer so, diese weißen Jungs, Russen, Polen oder was auch immer sie sein mögen, wissen sich sehr gut durchzuschlagen, die kommen weiter. Die Schwarzen überhaupt nicht, die habe ich hier auch: Afrikaner, Marokkaner … eine Katastrophe.«

Einen Augenblick lang vernebelte mir aufsteigende Empörung den Blick. Ich beherrschte mich aber und ließ sie lieber reden: »Was für ein Leben hat Rimantas Laztdelis geführt?«

»Ein normales. Er ging am Morgen aus dem Haus und kehrte abends zurück. Er war so anständig, dass er mir sogar gestand, im Gefängnis gesessen zu haben, das sei aber ein Fehler gewesen, der nicht wieder vorkommen würde.«

»Traf er sich mit jemandem?«

»Nein.«

»Wurde er angerufen?«

»Nein, ich weiß nichts über ihn, auch nicht, wohin er gezogen ist. Er war sehr diskret.«

Im selben Ton, in dem ich sie bisher befragt hatte, befahl ich ihr: »Zeigen Sie mir die Zimmer Ihrer Gäste.«

Sie brauchte einen Moment, bis sie reagierte, fast so lange wie Garzón, der mich überrascht anblickte.

»Es ist so …«, murmelte sie.

»Keine Sorge, ich finde sie auch allein. Oder wollen Sie, dass ich mir einen Durchsuchungsbeschluss besorge?«

Ich ging den Korridor entlang und öffnete die Zimmertüren. So wie ich es mir vorgestellt hatte, waren sie vollgestellt mit wackligen Stockbetten, in die man mehrere Menschen pferchen kann. Ein paar Marokkaner schreckten aus dem Schlaf hoch, als ich meinen Kopf hineinsteckte. Jetzt legte ich mich mit der Alten an:

»Das ist nicht nur unmenschlich, sondern auch illegal.«

Sie stützte die Hände in die Hüften und antwortete mir bissig:

»Es gibt auch solche, die ihnen die Betten stundenweise vermieten, sogar Balkone werden vermietet. Und meine Pension ist auch nicht gerade eine Goldgrube, ich lebe eher schlecht als recht davon. Wenn das illegal ist, dann soll man mir eine vernünftige Rente bezahlen.«

Beim Verlassen dieser Absteige warf ich dem Subinspector boshaft an den Kopf:

»Da haben Sie noch eine tüchtige Mitbürgerin!«

Da er wusste, dass ich wirklich deprimiert war, sagte er nur:

»Vergessen Sie's Petra, machen wir mit unseren Ermittlungen weiter.«

Drei

Auf der Fahrt zu dem Transportunternehmen, wo der Litauer gearbeitet hatte, wechselten wir kaum ein Wort. Nach dem Besuch in dieser erbärmlichen illegalen Pension fühlte ich mich entsetzlich. Garzón merkte es, er kannte mich gut. Er versuchte, mich aufzumuntern:

»Warum halten wir nicht kurz und trinken ein Bier?«

Ich war einverstanden. Wir setzten uns einander gegenüber, aber ich schwieg weiter. Garzón begann, mich auszufragen.

»Sie sind verärgert über das, was wir gesehen haben, stimmt's?«

»Sie haben keine Ahnung wie sehr. Niemand ahndet diesen Missbrauch, und wir lassen es durchgehen.«

»Wenn Sie möchten, zeigen wir die Frau an, wenn wir wieder im Kommissariat sind.«

»Nein, ist egal. Das würde nichts nützen, es wird immer eine andere geben, die dasselbe macht. Mich kotzt die Menschheit wirklich an, Garzón.«

»Ja, da kann man nichts machen, außer Sie schreiben an Gott ...«

»Ich habe ihm schon oft geschrieben, aber ich weiß nicht, wohin ich die Briefe schicken soll.«

Er lächelte irgendwie traurig, wahrscheinlich hatte auch er schon einmal in seinem Leben einen Brief an die himmlischen Mächte geschrieben und nicht gewusst, wohin er ihn schicken sollte. Er hob das Bierglas und schlug mir vor, es in einem Zug auszutrinken. Ich müsste lügen, wenn ich behaupten würde, dass ich mich nach dem Bier nicht besser fühlte, obwohl sich die Menschheit in der Zwischenzeit wohl kaum geändert hatte.

Die Spedition, in der Laztdelis gearbeitet hatte, gehörte zu einem internationalen Konzern. Der Litauer war als Fahrer eines Kleinlasters angestellt gewesen und zehn Mal am Tag zwischen Stammhaus und Flughafen hin und her gefahren. Die Personalchefin hatte das Gespräch mit ihm selbst geführt und ihn eingestellt. Wir baten den Direktor, der uns empfangen hatte, mit ihr sprechen zu können. Er hatte nichts dagegen, es störte ihn nicht, dass wir nachforschten und unsere Nase in sein Unternehmen steckten, schließlich hatte er uns gleich gesagt, dass Rimantas schon seit sechs Monaten nicht mehr bei ihm arbeitete.

Die Personalleiterin hieß Carmen Ventura. Sie war eine attraktive Frau um die vierzig und der zweite Mensch, den wir kennen lernten, der den Toten persönlich gekannt hatte. Nicht zu vergleichen mit dieser Hexe von Pensionswirtin. Sie zeigte sich freundlich, höflich und politisch korrekt. Auf ihrem Tisch stand ein Foto von ihr selbst, ihrem Mann und ihren drei Kindern vor einem hübschen Reihenhaus der gehobenen Kategorie. Ganz das Klischee der Karrierefrau.

»Rimantas Laztdelis, ich erinnere mich an ihn, auch ohne in die Personalakte zu schauen. Der Name ist mir hängen geblieben.«

Sie suchte in ihrer umfangreichen Kartei eine Nummer, die sie dem Computer entnommen hatte. Dann zog sie seine Personalakte heraus, an die ein Foto geheftet war. Ich konnte zum ersten Mal sein intaktes Gesicht sehen. Er hatte ziemlich gut ausgesehen und einen herausfordernden, unverschämten Blick gehabt. Ich bat sie, uns das Foto zu leihen, da wir kein anderes hatten.

»Ist Ihnen außer dem Namen noch etwas aufgefallen?«

»Nein, eigentlich nichts. Ich fand, er war ein sehr selbstbewusster Mann, und habe mir gedacht, er wäre ein guter Arbeiter. Wie ich aus seiner Akte ersehe, habe ich mich nicht getäuscht. Seine Leistung war gut, und er hat keine Schwierigkeiten gemacht.«

»Warum hat er aufgehört?«

Sie sah erneut in die Akte.

»Er hat selbst gekündigt. Er sagte, er habe eine besser bezahlte Arbeit gefunden. Ich fürchte, sein Lohn war nicht gerade exorbitant.«

»Führen Sie mit allen Bewerbern Ihres Unternehmens die Einstellungsgespräche?«

»Nur mit denen der mittleren und höheren Berufsgruppen. Die unteren Gruppen bearbeiten meine Mitarbeiter, aber hin und wieder greife ich mir aufs Geratewohl eine Bewerbung heraus und führe das Gespräch selbst. Das ist eine Art Kontrolle. Aber die Bewerber haben damit das große Los gezogen.«

»Oder eine Steuerprüfung.«

Sie lachte unbefangen auf.

»Nein, ich versichere Ihnen, dass ich nachsichtiger bin als meine Mitarbeiter. Ich berücksichtige menschliche

Aspekte, die die anderen gerne übersehen, natürlich in Ausübung ihrer Pflicht. Zum Beispiel hatte ich in seiner Bewerbung gelesen, dass der Mann vorbestraft ist, und habe mich dennoch nicht negativ davon beeinflussen lassen. Ich kann Ihnen versichern, dass meine Mitarbeiter weniger großzügig gewesen wären.«

Und? Vielleicht führen mangelnde Bildung und Armut zu moralischem Elend. Diese tatkräftige Frau zeigte sich sehr viel menschlicher als die Alte mit der Pension. Sie verabschiedete uns höflich, und wir verließen das Unternehmen mit einer Fotokopie von Rimantas Personalakte und, was noch wichtiger war, mit seinem Foto, das uns noch gute Dienste erweisen sollte.

Kaum hatten wir das Gebäude verlassen, sagte Garzón:

»Da die direkten Quellen wenig hergegeben haben, glaube ich, es ist an der Zeit, dass Sie Dalmacia Sirvent kennen lernen.«

»Was ist denn das? Ein Anislikör?«

»Nein, meine liebe Inspectora, das ist eine unserer Informantinnen, eine wahre Spezialistin in Ost-Angelegenheiten. Ihr ist noch kein Russe oder Pole entgangen.«

»Aber hallo! Ich wusste gar nicht, dass es eine so große Spezialisierung unter den Spitzeln gibt!«

»Das ist eine Welt, von der Sie keine Ahnung haben, Petra. Ich glaube, Sie finden sie im Grunde zu vulgär.«

»Wollen Sie mich beschuldigen, ein Snob zu sein?«

»Wie Sie sehr gut wissen, ist das Beschuldigen Sache des Staatsanwalts.«

Garzón kannte mich inzwischen so gut, dass er jetzt öfter dazu neigte, mich zu provozieren. Nur zu, ich wusste, dass es nur eine Frage der Zeit war, bis ich mich bei ihm revanchieren würde.

Dalmacia Sirvents Geschichte faszinierte mich. Wie mir der Subinspector erzählte, war eigentlich ihr Mann, Pascual Sánchez, der Polizeispitzel. Als der arme Mann jedoch vor zwei Jahren einen Schlaganfall erlitt, nutzte Dalmacia ihr Wissen und sprang für ihn ein.

»Ich finde das erstaunlich!«, sagte ich.

»Warum sollte das erstaunlich sein? Haben Sie noch keine Taxifahrer-Ehefrau kennen gelernt, die sich hinters Steuer gesetzt hat, wenn es erforderlich war? Und mit den Informanten ist es genauso. Alles, nur nicht die Lizenz verlieren.«

»Ich finde es trotzdem unglaublich.«

»Petra, wachen Sie auf! Dichtung und Wahrheit sind zwei Paar Schuhe. Dieses Ehepaar ist schon in einem gewissen Alter und hat im Rotlichtviertel eine Bar, von der es recht und schlecht lebt. Ich versichere Ihnen, dass ihm diese Extraeinkünfte von uns gerade recht kommen. Das ist den beiden lieber als irgendetwas Illegales. Und ich schwöre Ihnen, diese Dalmacia ist schlauer als ein Fuchs. Sie steht ihrem Mann in nichts nach.«

»Sie ist ebenso eine Spezialistin wie er.«

»Lachen Sie ruhig so viel Sie wollen, aber jede moderne Tätigkeit verlangt eine Spezialisierung. Pascual Sánchez war so clever, sich mit post-sozialistischen Angelegenheiten vertraut zu machen. Spitzel im Drogen- und Waffenhandel gibt es wie Sand am Meer.«

Ich konnte mich nicht an diese Unterwelt der Polizeiarbeit gewöhnen, bezahlte Spitzel, schmähliche Vereinbarungen mit halbseidenen Winkeladvokaten … Garzón hatte recht: Das war eine Fauna, in der ich mich unwohl fühlte. Doch nachdem ich Dalmacia kennen gelernt hatte, änderte ich meine Meinung. Diese vom Schicksal auserwählte Informantin war wirklich etwas Besonderes.

Vier

Dalmacia »lenkte das Taxi« ihres Mannes ausgesprochen effizient, wie ich mich selbst überzeugen konnte. Kaum hatte mein Kollege ihr den Namen Rimantas genannt, bewies ihr Gesichtsausdruck, dass er ihr nicht unbekannt war.

»Was für ein Name, nicht wahr?«

Der Subinspector wandte den für die Informanten typischen Tonfall an, ob sie nun Spezialisten waren oder nicht.

»Dalmacia, wir haben es eilig. Wenn du uns Zeit verlieren lässt, wird die vereinbarte Summe mit jeder verschwendeten Minute geringer.«

»Darauf wollte ich gerade zu sprechen kommen. Meinen Mann haben Sie nämlich ein Leben lang übers Ohr gehauen, er ist viel zu gutmütig, aber ich nicht ... Bevor wir ins Geschäft kommen, müssen Sie mir ein Angebot machen. Und nennen Sie bitte die Summe in Euro, Peseten sind inzwischen von gestern.«

»Einverstanden, ich verspreche dir eine Überprüfung aller Arbeitsgenehmigungen für die Bar, und wir zahlen dir dann ein Viertel des fälligen Bußgeldes.«

»Wie können Sie eine schwache Frau mit einem kranken Mann nur so ausnutzen!«

»Komm zur Sache, du schwache Frau.«

»Ist ja gut. Etwas weiß ich, kann aber noch mehr herausfinden. Tausend für das, was ich weiß, und tausend, wenn ich noch mehr erfahre.«

»Sechshundert, nicht einen Euro mehr.«

»Sechshundertfünfzig.«

»In Ordnung, nun sing schon. Und wenn es nichts wert ist, was du uns sagst, kriegst du keine Pesete, oder besser, keinen Cent mehr, wo du es schon so genau nimmst.«

»In Ordnung. Dieser gewisse Rimantas kam hin und wieder in die Bar, obwohl wir ihn seit sechs Monaten nicht mehr gesehen haben. Normalerweise kam er mit einer jungen Frau, Ausländerin wie er, vielleicht Russin. Ich weiß weder ihren Namen noch wer sie ist. Hübsch, blond, grell.«

»Ich glaube nicht, dass das sechshundertfünfzig Euro wert ist.«

»Rimantas hat in einer heruntergekommenen Pension in Raval gewohnt, die einer Witwe gehört. Ich weiß, dass er vor ungefähr sechs Monaten, also kurz bevor er nicht mehr zu uns gekommen ist, in eine eigene Wohnung umgezogen ist.«

»Das wissen wir auch schon. Die Witwe heißt Matea Domínguez. Merkst du, dass deine Informationen keine Neuigkeiten für uns sind?«

»Aber ich weiß seine neue Adresse, kennen Sie die auch?«

»Die haben wir vergessen. Wie lautet die neue Adresse?«

»Das ist doch sechshundertfünfzig Euro wert, oder? Her damit, ich will sie sehen.«

Garzón holte seine Brieftasche heraus und legte ihr die Geldscheine in die Hand. Sie zählte sie ohne Hemmungen nach.

»Calle Princesa 56, dritter Stock, Tür B. Der Typ hat sie der Russin auf eine Serviette notiert, als sie beide am Tresen saßen. Ich stellte ihnen gerade das Bier hin und sah es zufällig.«

»Der Zufall ist immer auf deiner Seite, nicht wahr, Dalmacia? Du bist genial! Aber es gibt noch etwas bei der Abmachung, das ich dir noch nicht gesagt habe. Wenn du uns nicht innerhalb einer Woche anrufst, um zu berichten, was du noch herausgefunden hast, dann gibt's natürlich keinen Euro mehr, aber nicht nur das, dann kannst du davon ausgehen, dass ich dir eine Prüfung ins Haus schicke, ob nun von der Gewerbeaufsicht oder dem Gesundheitsamt, eins von beiden wird bestimmt interessante Ergebnisse zutage fördern. Ich will wissen, wer das Mädchen ist und in was Rimantas verwickelt war.«

»Das ist ungerecht.«

»Die Gerechtigkeit ist gegen diejenigen, die immer vom Zufall profitieren, deshalb ist sie Gerechtigkeit.«

Wir verließen die Bar. Ich hatte die ganze Zeit kein einziges Mal den Mund aufgemacht, nicht mal vor Überraschung. Der Subinspector hatte sich meisterlich verhalten.

»Werden Sie diese harte Drohung wahr machen, Fermín?«

»Ich weiß noch nicht, vermutlich nicht. Aber den Informanten muss man immer in Erinnerung bringen, dass wir Bullen noch größere Arschlöcher sind als sie selbst. Wenn nicht, würden sich alle darum bewerben, ins Polizeikorps aufgenommen zu werden, und da sie so schlau sind, würden sie uns in ein paar Tagen die Arbeit wegnehmen.«

Das war eine Bestätigung dafür, dass Garzóns Vertrauen in die Menschheit bezüglich der Polizei auch nicht ungebrochen war. Ich schätzte diesen Zug an ihm, denn Selbsterkenntnis ist der erste Weg zur Besserung.

Wir hingegen machten uns jetzt auf den Weg zur vorschriftsmäßigen Besichtigung der Wohnung des Toten. Wir brauchten einen Durchsuchungsbeschluss und eine Streife, die uns die Tür öffnete und sie danach wieder versiegelte. Wir würden auch einen Fotografen und ein Team der Spurensicherung mitnehmen. Es war unerlässlich, diesen Schritt ordnungsgemäß durchzuführen. Während alle Maßnahmen getroffen wurden, trällerte Garzón euphorisch:

»Alles läuft prima, Petra, dieser Fall wird binnen kurzem gelöst sein, Sie werden schon sehen, schneller als der gordische Knoten durchschlagen wurde.«

Niemand konnte meinem Kollegen absprechen, dass er in Sachen Vergleiche einfallsreich war: Seefahrt, Speisen, griechische Mythologie ... Mag sein, dass sie gelegentlich etwas holprig oder abgedroschen klangen, aber schließlich gehört der Odem des Dichters auch nicht zu den grundlegenden Voraussetzungen für den Beruf des Kriminalisten.

Endlich konnten wir die Wohnung des toten Rimantas mit dem polizeilichen Sonderkommando betreten. Sie war nicht übel. Während die Spurensicherung überall Fingerabdrücke nahm, die mit denen in unserer Kartei verglichen werden sollten, sahen sich Garzón und ich in der großen Wohnung um.

»Na ja, es ist zwar nicht der Tadsch Mahal, aber offensichtlich ist es dem Kerl in letzter Zeit wirklich besser gegangen«, rief ich.

»So viel Verbesserung hat immer mit Drogen zu tun, Petra, davon bin ich überzeugt. Ich werde einen mir bekannten Informanten, der in Sachen Drogenhandel spezialisiert ist, auf die Spur ansetzen.«

»Nichts überstürzen, vielleicht hatte seine lukrative Einnahmequelle auch mit Waffenhandel zu tun. Vergessen Sie nicht, der Typ war Soldat.«

»Das ist eine Nummer zu groß für diesen Rimantas, glauben Sie mir. Er ist bestimmt ein geschickter Dealer gewesen. Und sein Ende hat ihn auf die typische Art und Weise ereilt, Inspectora. Es ist doch immer dasselbe.«

»Ganz ruhig, Fermín, beruhigen Sie sich.«

Aber er wollte sich nicht beruhigen, wie eine verrückt gewordene Weltraumsonde raste er von einem Zimmer zum anderen. Wir suchten nach Unterlagen, auch wenn der Litauer kein Freund von Schriftlichem gewesen zu sein schien. Seine persönlichen Gegenstände sagten auch nichts Besonderes über ihn aus. Es war alles sehr gewöhnlich: Fotos aus amerikanischen Kriegsfilmen, ein paar Ausgaben von *National Geographic*, etliche Paare Manschettenknöpfe und eine gut gefüllte Bar. Schließlich tauchte in einer Schublade etwas Verwertbares auf: eine Pistole, ein Modell, das ebenso leicht auf dem Schwarzmarkt zu kriegen war wie die Mordwaffe. Es war nichts Außergewöhnliches bei einem Fremdenlegionär, dass er zwei Waffen besaß.

»Ich sage den Männern, sie sollen sorgfältig alles durchsuchen. Irgendwo muss Geld versteckt sein.«

Dann sah ich mir die Wand genauer an. Vier kleine Löcher wiesen darauf hin, dass hier einmal etwas mit Reißzwecken befestigt gewesen war. Der Größe nach zu urteilen, müssten wir dieses Etwas finden. Eine Stunde später tauchte es zwischen den feinen Pyjamas des Litauers auf. Es war das Foto einer schönen blonden Frau, das an allen vier Ecken Einstiche aufwies. Wir hatten die Russin gefunden, von der die Informantin gesprochen hatte. Schallend brach es aus Garzón heraus:

»*Cherchez la femme*, wie der Prophet sagt. Oder war es der Dichter?«

»Ich fürchte, keiner von beiden«, gab ich zurück.

Fünf

Unter dem Fernsehapparat fanden sich einige Tausend Euro. Fast ein Beweis dafür, dass die lukrative Beschäftigung des Litauers in den letzten sechs Monaten nicht legal gewesen sein konnte. Hatten wir etwa daran gezweifelt? Nein, aber eine Ermittlung bedarf des Zusammentragens von Beweisen, und dieses Geld war wirklich ein gewichtiger Beweis.

Garzón und ich begannen mit dem üblichen Spiel der deduktiven Beweisführung, das man laut Handbuch des perfekten Polizisten nie spielen sollte, wenn man keine genauen Anhaltspunkte hatte.

»Ob es nun Drogen oder Waffen waren, viel mehr bleibt nicht, Inspectora. In dieser Richtung sollten wir weitermachen«, behauptete der Subinspector.

»Da es sich hier um einen vorbestraften Immigranten handelt, ist das eine etwas voreilige Feststellung. Sie wissen ganz genau, dass er ebenso gut illegal in einer Fabrik oder als Wachmann bei einem angesehenen Unternehmer angestellt gewesen sein könnte ... Diese Art von Unternehmer tut das, um sich die Sozialabgaben für einen Arbeiter zu sparen.«

»Sie verdächtigen also weiterhin normale Mitbürger, nicht wahr? Dann sage ich Ihnen, dass ich denen im Augenblick ebenfalls misstraue. Also, Inspectora, glauben

Sie wirklich, dass skrupellose Unternehmer ihren illegalen Arbeitern so viel zahlen, dass sie sich so eine Bude leisten können?«

»Na ja, wenn er als Killer arbeitete ...«

»Verdammt, Petra, das wäre dann wohl eher ein Pate der Mafia und kein Unternehmer! Nein, Spanien ist da vergleichsweise rückständig.«

»Ich weise Sie darauf hin, dass wir es schon ganz schön weit gebracht haben. Bei vielen Delikten bewegen wir uns auf internationalem Niveau.«

»Glauben Sie mir: entweder *Ecstasy* oder Knarren. Und wenn Sie erlauben, werde ich mich mit den beiden entsprechenden Dezernaten in Verbindung setzen, damit die uns Amtshilfe leisten.«

»Sehr gut, machen Sie das. Inzwischen versuche ich herauszufinden, ob wir dieses hübsche Gesicht in unserer Kartei haben.«

»Warum er wohl ihr Foto von der Wand genommen hat?«

»Ich weiß nicht, vielleicht wegen einer Trennung.«

»Dann hoffe ich, dass diese Trennung noch nicht lange zurückliegt, denn sonst weiß die Blondine nicht viel über ihn.«

»Das setzt voraus, dass wir sie finden, nicht wahr, Subinspector?«

»Sie wissen doch, dass ich ein unverbesserlicher Optimist bin.«

Es folgten drei Tage völligen Stillstands der Ermittlungen, die den Optimismus meines Kollegen fast zunichte machten. Welche Taste auf der Tastatur wir auch anschlugen, nie kam etwas dabei heraus: Im Rauchgiftdezernat war kein Laztdelis registriert, und bei der gesamten spanischen Polizei war sein Name nie im Zusammenhang mit Waffenhandel gefallen. Die Fingerabdrücke in seiner Wohnung fanden sich in keiner Kartei, noch ließ sich die Herkunft der sichergestellten Pistolen ermitteln. Auch das Foto der Frau erbrachte keinerlei Suchergebnisse in unserem Computer und ließ uns nicht den geringsten Funken Licht am Ende des Tunnels erkennen. Meine Stimmung verschlechterte sich drastisch. Was uns anfangs als relativ leicht lösbarer Fall erschienen war, drohte nun ein unentwirrbares Knäuel zu werden. Es gab Spuren und Hinweise, die wir verfolgen konnten, aber alles zerschellte an derselben Wand: Rimantas' Spur verlor sich vor sechs Monaten.

Zum Glück hatte ich mich nicht am Subinspector abreagiert, indem ich ihn mit derbem Spott über seinen unverbesserlichen Optimismus überzog, denn am vierten Tag der Verzweiflung rief Dalmacia Sirvent bei mir an. Sie hatte etwas herausgefunden, das sie uns mitteilen wollte, aber sie verlangte einen Termin. Keine telefonischen Auskünfte, der Sack mit den Informationen sollte voller Euros zu ihr zurückkehren. Wir verabredeten uns mit ihr in einer Bar an der Avenida del Paralelo. Dort bezahlten wir sie diskret, und erst dann begann sie auszupacken:

»Meine Kontaktleute haben mir gesagt, dass dieser Typ nicht im Drogen- oder irgendeinem anderen Handel tätig war. Das ist die eine Sache. Und die andere ist, dass ich Ihnen einen Tipp geben kann, wo Sie ganz bestimmt diese Blondine finden.«

»Ihre Wohnung?«

»Nein, ein Telefonshop in der Calle Valencia, ganz am Ende, so einer, wo Immigranten billig telefonieren. Sie geht einmal täglich dort hin. Ich weiß jetzt auch ihren Namen: Elena Vitova, gebürtige Russin. Und sie ist sauber, Sie werden sie in Ihrer Kartei nicht finden.«

»Ist sie das?«, fragte Garzón und holte das Foto heraus.

»Ja, das ist sie. Und jetzt muss ich gehen, meine Herrschaften, es ist bald Essenszeit, und ich muss noch Kartoffeltortilla für die Bar machen. Sie wissen ja, das Leben der arbeitenden Bevölkerung ist hart.«

Sie eilte davon, und wir folgten Augenblicke später nicht weniger hastig. Der Telefonshop in der Calle Valencia war für uns jetzt lebenswichtig geworden.

Als wir eintraten, zeigte Garzón dem Betreiber das Foto. Dieser nickte, ja, diese Frau komme fast täglich und telefoniere immer lange. Nein, heute sei sie noch nicht da gewesen. Nach dieser Antwort war klar, dass wir von jetzt an unsere Tage im Auto würden verbringen müssen. Wie vorherzusehen gewesen war, wurden in dem Telefonshop keine persönlichen Daten von Kunden gespeichert, also blieb uns nichts weiter übrig als zu warten. Und wir warteten, fast bis zur Verzweiflung, bis zur Erschöpfung. Als sie nach mehreren Stunden noch immer nicht aufgetaucht war, forderte ich zwei Männer an, die uns, ausgestattet mit dem Foto, ablösen sollten, damit wir uns ausruhen konnten. Aber es gab keine Ruhe, zumindest in meinem Fall, denn das Bild der Russin ging mir auch im Schlaf weiter durch den Kopf.

Um elf Uhr morgens des dritten Tages tauchte sie endlich auf. Ich hatte mir so gewünscht, sie zu sehen, dass ich jetzt den Eindruck hatte, sie sei eine Fata Morgana. Aber sie war es, Garzón hatte sie auch erkannt und mich brüsk mit dem Ellbogen angestoßen, aber ich war überwältigt und blieb stumm. Wir stiegen aus, ließen sie ihr Telefonat erledigen und sprachen sie an, als sie wieder herauskam.

Sie war eine Schönheit, doch als wir uns als Polizisten vorstellten, erstarrten ihre hübschen kaukasischen Gesichtszüge zu einer Maske. Unsere ersten Fragen beantwortete sie verneinend: Sie kannte keinen Rimantas Laztdelis und deshalb hatte sie auch weder eine intime noch eine andere Beziehung zu ihm gehabt. Aber ihre Reaktion auf die erbarmungslosen Worte des Subinspectors strafte ihre Worte Lügen.

»Rimantas ist tot. Er wurde ermordet, wissen Sie das?«

Da brach sie in Tränen aus. Wir mussten warten, bis sie sich beruhigt hatte, bevor wir die Befragung fortsetzen konnten. Schließlich war sie bereit zu reden. Sie war fast ein Jahr lang die Geliebte des Litauers gewesen. Obwohl sie in getrennten Wohnungen lebten, hatten sie sich täglich getroffen. Alles lief gut bis vor acht Monaten. Da hatte er ihr eines Tages gesagt, dass er sie nicht mehr liebte. Dann hatte er sie verlassen. Sie kannte nicht einmal seine neue Adresse.

»In was war Rimantas verwickelt?«

»Weiß ich nicht.«

»Bitte, Elena, es handelt sich hier um Mord. Reden Sie bitte.«

»Ich sagte Ihnen doch, dass ich es nicht weiß! Bei ihm ist irgendwie innerlich etwas passiert.«

»Wir wollen wissen, was äußerlich passiert ist. Wen er getroffen hat, was für eine Art Arbeit er gemacht hat.«

»Arbeit! Solange er sich so durchwurstelte, lief alles gut, kaputt ging es erst, als er eine ehrenwerte Arbeit fand, wie die Polizei ihm bei seiner Entlassung aus dem Gefängnis empfohlen hatte. Er war bei dem Vorstellungsgespräch in dieser Spedition, ich hatte auch eine Bewerbung hingeschickt und ebenfalls einen Vorstellungstermin. Wir wollten ein ruhiges Leben führen, doch ihn haben sie genommen, mich nicht. Ich musste woanders arbeiten gehen, viele Stunden, er arbeitete auch viele Stunden. Wir sahen uns kaum noch, es ging nicht mehr. Dann hat er mich eines schönen Tages verlassen.«

Sechs

Beim Verhör klingelte in meinem Kopf plötzlich eine Alarmglocke. Garzón wollte sie etwas fragen, aber angetrieben von einem starken Impuls machte ich ihm ein Zeichen, mir den Vortritt zu lassen.

»Wer hat das Vorstellungsgespräch mit Ihnen geführt?«

»Eine Frau.«

»Die Personalchefin?«

»Diese verdammte Hure! Das war mein Pech, sie empfängt nicht jeden, aber mich hat's erwischt. Einige Leute haben mir gesagt, wenn sie das Vorstellungsgespräch mit einem führt, hat man keine Chance, sie sei hart, ohne jegliches Gefühl für unsere schwierige Situation. Aber ich habe nicht auf sie gehört und ihr die Wahrheit erzählt, weil ich dachte, sie habe Mitleid mit mir. Hatte sie aber nicht, die anderen haben recht behalten.«

»Und was ist die Wahrheit?«

»Ich habe in Russland einen dreijährigen Sohn. Ich sagte ihr, dass ich ihn herholen wollte, und da warf sie mich raus. Sie meinte, sie könnten sich keine alleinerziehenden Angestellten erlauben. Die fehlten zu oft und seien ein Unsicherheitsfaktor.«

»Beschreiben Sie mir diese Frau?«

»Sie war groß, ziemlich hübsch. Sie hatte ein Foto von ihrem Mann und ihren Kindern auf dem Tisch stehen, aber dass ich mein Kind selbst versorgen wollte, interessierte sie nicht.«

Ich unterbrach die Vernehmung und ließ die Russin vorläufig festnehmen. Als wir ins Auto stiegen, begann Garzón Fragen zu stellen:

»Was macht Sie so unruhig, Inspectora? Dass diese junge Frau auch einen Job in dem Unternehmen wollte, in dem der Tote arbeitete?«

»Mich beunruhigt, dass der einzige Mensch, der mir anständig vorkam, so verlogen ist. Uns hätte eine Person, die sich derart verständnisvoll gegenüber den Schwachen zeigt, verdächtig vorkommen müssen, Garzón.«

»Was Sie für eine Einstellung haben!«

Carmen Ventura empfing uns ebenso lächelnd wie beim ersten Mal: »Gibt es noch etwas?« Zum Zeichen ihrer Kooperationsbereitschaft breitete sie die Arme aus.

»Señora Ventura, meine Frage ist ganz konkret: Haben Sie einen schwarzen Golf GTI, ein zirka vier Jahre altes Modell?«

Ihr Mund verspannte sich leicht, ihre Unterlippe zitterte.

»Na ja, jetzt nicht mehr. Ich hatte einen, aber vor kurzem habe ich mir einen anderen Wagen gekauft. Sie wissen ja, dass bestimmte Posten repräsentativen Charakter haben, und der Golf war schon zu alt. Jetzt habe ich einen kleinen Audi, der fährt sehr gut.«

»Wo ist dieser Golf?«

»Ich verstehe Sie nicht, ich habe ihn natürlich weggegeben.«

»Sie haben ihn verkauft?«

Der Subinspector hatte sie nervös gemacht. Sie lachte albern auf.

»Nein, ich habe ihn in der Garage meiner Finca abgestellt. Die habe ich von meinen Eltern geerbt, aber wir fahren selten hin. Manchmal fahre ich allein mit den Kindern hinaus, bei solchen Gelegenheiten ist es ganz praktisch, dort ein Auto zu haben.«

»Irre ich mich, oder haben Sie den Wagen genau vor vierzehn Tagen dort abgestellt?«

Jetzt zitterten auch ihre Hände.

»Inspectora Delicado, das ist alles absurd, wirklich, ich ...«

»Señora Ventura, wollen Sie uns zwingen, zu Ihrer Finca zu fahren? Müssen wir das ganze Theater dort abziehen, um genau das zu finden, was wir suchen? Einen schwarzen Golf GTI mit einem Einschussloch aus einer 357er Magnum in der Karosserie? Zwingen Sie uns nicht dazu, gestehen Sie lieber. Es wäre besser für Sie.«

Sie stotterte krampfhaft, sie hatte jegliche Selbstkontrolle verloren.

»Ich ... wissen Sie ...«

»Sie, Señora Ventura, haben mit Rimantas Laztdelis das Vorstellungsgespräch geführt. Und Sie haben ihm die Stelle gegeben, weil er Ihnen gefallen hat. Sie beide hatten ein Verhältnis, er war Ihr Geliebter. Was dazu führte, dass er kurze Zeit später kündigte, um kein Misstrauen oder Verdacht zu erregen. Und von da an erpresste er Sie systematisch und drohte, Ihre Affäre publik zu machen. Irre ich mich?«

Sie weinte lautlos.

»Sie irren sich. Ich war verliebt, er war auch in mich verliebt. Aber ich hatte ihn gezwungen, die Arbeit aufzugeben, also musste ich ihm helfen.«

»Sie haben ihm sehr geholfen, das stimmt. Entweder haben Sie ein kleines Vermögen von Ihren Eltern geerbt oder vielleicht stellt sich bei einer Überprüfung der Konten Ihres Unternehmens heraus, dass gewisse Summen unterschlagen wurden. Ist es nicht so?«

Sie schüttelte heftig den Kopf.

»Nein, ich habe nie etwas angerührt! Ich hatte meine eigenen Rücklagen, daher kam das Geld.«

»Bis diese erschöpft waren. Da verlangte Ihr Geliebter mehr von Ihnen, und als Sie ihm sagten, das sei unmöglich, haben Sie ihn umgebracht. Wenn Sie einen Skandal verhindern wollten, blieb Ihnen keine andere Wahl. Sie wussten ganz genau, was für eine Sorte Mann er war, er hätte seine Drohung auch wahr gemacht.«

Sie schlug hysterisch mit den Fäusten auf den Schreibtisch.

»Nein, nein, ich sage Ihnen, so war es nicht! In den acht Monaten, die wir zusammen waren, hat er keinen Cent von mir verlangt. Ich habe ihm das Geld freiwillig gegeben. Wir waren wirklich verliebt. Erst später ... na schön, da drohte er mir. Er hatte sich an das gute Leben gewöhnt, ich wollte meine Familie nicht verlassen, obwohl er mich darum gebeten hatte ... wenn ich vielleicht ...«

»Einverstanden, das ist Ihre Version, Sie kennen die Geschichte besser als ich. Aber das Ende bleibt dasselbe.

Sie haben Rimantas angerufen und ihm gesagt, Sie würden ihm eine bestimmte Geldsumme geben, die Sie aus dem Unternehmen abgezweigt hätten. Sie bestellten ihn in eine Geschäftsstraße, von der Sie wussten, dass sie um diese Uhrzeit wie ausgestorben ist. Sie parkten Ihren Wagen in der Tiefgarage, damit Sie niemand auf der Straße sehen konnte. Hätten Sie ihn an einen einsameren Ort bestellt, wäre er argwöhnisch geworden. Schließlich verließen Sie das Parkhaus und fuhren auf ihn zu. Er empfing Sie mit ausgebreiteten Armen. Sie wussten ganz genau, dass er immer bewaffnet war und wo er die Pistole trug. Sie zogen sie mit Leichtigkeit heraus, entsicherten sie, wie er es Ihnen einmal gezeigt hatte, und drückten ab. Sie kratzten ihn schnell irgendwo und zerknitterten seine Kleidung, damit es nach einem Kampf aussah. Sie wischten Ihre Fingerabdrücke von der Pistole und drückten sie ihm in die Hand. Ganz einfach, ganz schnell, niemand hatte Sie gesehen. Alles ganz sauber. Wer sollte eine angesehene Geschäftsfrau wie Sie schon verdächtigen? Niemand. Seine Biographie war zu wenig geradlinig, als dass die Ermittlungen in Ihre Richtung geführt hätten.«

Sie hatte die Hände vors Gesicht geschlagen. Die erstickten Schluchzer ließen sie erzittern. Da griff plötzlich Garzón ein:

»Warum haben Sie Rimantas nicht in seiner Wohnung umgebracht?«

»Ich habe sie nie betreten. Ich wollte nicht riskieren, dass mich jemand sieht. Wir trafen uns in Hotels, immer in einem anderen. Ich hatte solche Angst, meine Familie zu verlieren ... und jetzt, Sie sehen es ja! Aber er liebte mich, oder zumindest liebte er mich, bevor er den Verstand verloren hat.«

»Das glaube ich Ihnen. Er hat seine Freundin für Sie verlassen.«

»Ist das wahr? Ich habe ihm nicht geglaubt, als er es mir erzählte.«

»Ja, es ist wahr. Ich kann es Ihnen ja später erklären, wenn es Sie interessiert. Jetzt nehmen wir Sie mit zum Untersuchungsrichter.«

Garzón und ich gingen ein Bier trinken. Fall abgeschlossen.

»Sie hatten Mitleid mit ihr, nicht wahr, Petra?«

»Bah, ein Anflug von Großherzigkeit! Sie konnte es nicht ertragen, benutzt zu werden. Erpresst ja, aber ohne den geringsten Funken Liebe … In Wirklichkeit glaube ich, der Typ war einfach ein Schwein, das die Möglichkeit witterte, ein schönes Leben zu führen, ohne dafür einen Finger krumm machen zu müssen.«

»Ich weiß nie, was Sie wirklich denken!«

»Besser so, Fermín, wirklich besser so.«

Darauf prosteten wir uns wieder einmal freundschaftlich zu.

Die Stimme des Blutes

Eins

Ich bin nie im Krieg gewesen, und auch während meiner bisherigen Laufbahn als Polizeibeamtin habe ich bisher nicht sonderlich viel Brutalität erlebt. Ich habe allerdings schon eine beachtliche Anzahl von Leichen gesehen, die auf gewaltsame Art und Weise zu solchen geworden sind: durch Strangulation, Messerstiche, Schussverletzungen oder einfach durch Prügeleien mit tödlichem Ausgang. Um jedoch etwas in dieser Größenordnung zu ertragen, wäre es notwendig gewesen, an einer äußerst blutrünstigen Schlacht teilgenommen zu haben. Es war eine schaurige Szene in ihrer Reglosigkeit, man hätte sie als geradezu schön bezeichnen können. So als habe ein wahnsinniger Maler oder ein Theaterdirektor, der es darauf anlegt, den Betrachter zu provozieren, sie sich ausgedacht: vier tote Frauen in einem Raum – weißhäutige, leblose Körper. Über einen Sessel drapierte Beine, herabhängende Arme mit leblosen Händen, offene Augen, deren Blick sich im Nichts verliert. Eine Zusammenkunft von Freundinnen, die gemeinsam in den Tod gegangen sind, eine von nun an ewig währende Freundschaft. Blut auf dem Boden, Blut an der Wand. Verschiedene Farbtöne von Blut, von rot bis braun. Der unverwechselbare Geruch von toten Körpern vermischt mit billigen Parfüms, die sich in Einbalsamierungsessenzen verwandelt hatten.

Ich trat instinktiv einen Schritt zurück und stützte mich auf den Subinspector.

»Werden Sie ohnmächtig?«, fragte mich Garzón ganz professionell.

»Ich glaube nicht«, antwortete ich zögernd.

Nachdem wir meinen Gesundheitszustand geklärt hatten, konnten wir unserer emotionalen Erschütterung nun freien Lauf lassen.

»Mein Gott!«, entfuhr es mir.

»Was zum Teufel …!«, vervollständigte mein Kollege den religiösen Gefühlsausbruch.

Danach wussten wir nicht mehr, was wir noch sagen sollten. Wir betraten den kleinen Raum und gingen vorsichtig zwischen den Leichen hindurch, um nichts zu berühren. Wir betrachteten das Bild aus unterschiedlichen Blickwinkeln, aber der Gesamteindruck blieb immer derselbe: vier junge Frauen, deren Körper von Kugeln durchlöchert waren. Ihre Haltungen und Positionen ließen darauf schließen, dass sie ganz friedlich miteinander geplaudert hatten, als der Tod sie heimsuchte. Drei von ihnen saßen. Eine lag auf dem Boden neben der Tür.

»Er muss im Stehen geschossen haben«, schlussfolgerte Garzón leise.

Ich nickte deprimiert, wortlos, als könnten unsere Stimmen diese für immer schlafenden Wesen aufwecken.

»Warum?«, flüsterte ich und spürte, wie mir der Atem stockte.

Ich muss geschwankt haben, denn der Subinspector stürzte auf mich zu und hielt mich fest.

»Inspectora, lassen Sie uns einen Kaffee trinken gehen.«

»Sind Sie verrückt, Fermín? Das ist wohl kaum der richtige Zeitpunkt für Kaffee!«

»Doch. Diese Mädchen werden sich – leider – nicht von der Stelle rühren. Bis der Gerichtsmediziner, die Spurensicherung und der Untersuchungsrichter eintreffen ... bis dahin könnten wir uns sogar eine Paella genehmigen.«

Die Erwähnung von Essen drehte mir den Magen um. Ich spürte, wie Brechreiz in mir aufstieg.

»Inspectora, hören Sie bitte auf, die Starke zu spielen, und lassen Sie uns von hier verschwinden!«

»Die Streifenpolizisten werden sagen, dass die Inspectora ein Weichei ist.«

»Schön, aber wenigstens werden die Sie aufrecht stehen sehen.«

Er schob mich aus dem Raum, und wir gingen durch den engen, dunklen Flur. Aus einem hinteren Teil war noch immer das hysterische Heulen zu hören, wie von einem Tier, einer bedrängten Wölfin oder einem von der Harpune getroffenen Delphinweibchen. An der Wohnungstür stand ein Bereitschaftspolizist Wache. Er war ein wenig verdutzt, uns zu sehen.

»Sie gehen schon, Inspectora?«

»Wir gehen frühstücken«, erklärte Garzón.

»Und die Frau?«

»Verflixt, es sind zwei Polizisten bei ihr!«

»Aber sie hört nicht auf zu plärren!«

»Bestens, dann hat sie sich wenigstens ausgeheult, wenn wir sie befragen.«

Wir gingen in das Stadtviertel Ensanche hinaus, das mir plötzlich weit und fröhlich wie eine Wiese vorkam. Garzón schob mich in eine unscheinbare Bar. Wir setzten uns an den Tresen, und er bestellte für uns beide.

»Zwei Cognac. Nach dem Cognac werden wir etwas essen. Zuerst kommt die Therapie.«

»Weder das eine noch das andere. Ich kann nicht.«

»Verzeihen Sie, Inspectora, aber jetzt gebe ich die Befehle. Ich habe mehr Erfahrung mit blutigen Massakern als Sie.«

»Das von Texas vielleicht?«

»Machen Sie sich ruhig so lange lustig, wie es Ihnen beliebt, aber so ist es. Einmal hatte ich drei Lastwagenfahrer, die von Gewehrkugeln durchlöchert worden waren. Und ein andermal habe ich auf den Feldern von Salamanca eine Schafherde gesehen, die vom Blitz getroffen worden war. Kein einziges Schaf hat überlebt.«

»Verdammt, Garzón, ich weiß nicht, ob das Beispiel mit den Schafen so glücklich gewählt ist!«

»Ja, ja, die Stimme des Blutes spricht immer dieselbe Sprache, gleichermaßen scheußlich. Außerdem war da immerhin das mit den Lastwagenfahrern.«

»Schön, stimmt schon.«

»Also, hören Sie auf mich, trinken Sie den Cognac in einem Zug und Schluss damit.«

»Vielleicht sehe ich dann die Schafe doppelt, aber wenn Sie meinen ...«

Er hatte recht. Nachdem der Cognac mir gnadenlos brennend die Kehle hinuntergeronnen und als flüssige Flamme in meinem Magen gelandet war, fühlte ich mich besser. Ich konnte mich dennoch nicht dazu überwinden, wie mein Kollege ein Thunfisch-Brötchen zu essen. Doch angesichts der Gefahr, dass er mir weitere menschliche und tierische Massenvernichtungen plastisch vor Augen führen könnte, bestellte ich mir einen Donut und kaute darauf herum.

»Das ist vielleicht ein schöner Mist«, philosophierte mein Kollege zwischen zwei Bissen. »Aber dass dieser Mord in einem Bordell begangen wurde, macht die Sache halb so schlimm. Eigentlich ungerecht, nicht wahr?«

»Diese Wohnung ist ein Bordell?«

»Ein ›Massagesalon‹. Das behaupten die Nachbarn.«

»Und die Mädchen …?«

»… sind wahrscheinlich das Bordellpersonal.«

»Dann wird das kein leichter Fall.«

»Das fürchte ich auch. Ein Freier, eine Drogengeschichte, ein Racheakt …«

»Schlimm ist es trotzdem, Garzón. Vier ermordete Frauen. Das ist die einzige Realität, ob es sich nun um ein Bordell handelt oder nicht.«

»Ja, vier junge Frauen. Geht es Ihnen besser?«

»Viel besser.«

»Wären Sie jetzt imstande, sich eine Elefantenherde anzusehen, die von einem Wirbelsturm zerfetzt wurde?«

»Selbst wenn es sich um die erschossenen Wiener Sängerknaben handeln würde.«

»Na, dann wollen wir mal.«

Die Einschätzung des Subinspectors war richtig gewesen. Als wir an den Tatort zurückkehrten, fanden wir die übliche Arbeitstruppe und ein Grüppchen Neugieriger auf der Straße vor, die zusammen mit den vorwitzigen Nachbarn den gewohnten Schauplatz eines Verbrechens ausmachen.

Der Gerichtsmediziner hob kaum den Kopf zum Gruß. Dieser Fall bescherte ihm enorm viel Arbeit.

»Natürlich alle zur gleichen Zeit«, sagte er und wischte sich den Schweiß von der Stirn. »Ich würde sagen, so gegen drei Uhr nachts.«

»Anzeichen von körperlicher Gewalt?«

»Nein, die Schüsse haben gereicht. Keine hat Widerstand geleistet. Ich glaube, sie konnten nicht einmal reagieren.«

»Man hatte es auf alle abgesehen.«

Er sah mich mit verkniffenem Gesicht an und zuckte die Schultern.

»Das müssen Sie herausfinden. Klar ist nur, dass es ein blutrünstiger Typ war, der sichergehen wollte. Jede hat mindestens drei Einschusslöcher im Körper. Er hat zwar nicht gerade auf die lebenswichtigen Punkte gezielt, aber drei Einschüsse überlebt niemand.«

Ich erschauderte. Der Fotograf bahnte sich einen Weg zwischen den Körpern hindurch und machte seine Aufnahmen. Ihm stellte sich ein makabres, fast arrangiert wirkendes Stillleben dar. Zwei Spezialisten von der Spurensicherung nahmen Fingerabdrücke von den Möbeln und steckten Gegenstände in Plastiktüten. Alle zusammen in Aktion fügten sich zu einer Choreographie des Todes, was das schon an sich schäbige Schauspiel noch verstärkte, weil es so viele Tote waren.

Da unsere Anwesenheit nicht mehr vonnöten war, gingen wir die Frau befragen, die vorher so geheult hatte und nun endlich verstummt zu sein schien. Den Angaben des Subinspectors zufolge war sie die Bordellchefin – die Madame, wie man früher sagte. Sie war eine beeindruckende Erscheinung. Ihr Aussehen ging über die normalen Maßstäbe gewöhnlicher Menschen und sogar der Mesdames hinaus, sollten diese wirklich ein typisches Aussehen aufgewiesen haben. Sie war groß, korpulent, älter, schon über siebzig, und ihre Augen waren stark mit türkisfarbenem Lidschatten geschminkt, der vom Weinen verschmiert war. Ihr Haar war maisgelb gefärbt, und die Finger waren voller Ringe. Sie trug ein rosa Nachthemd mit mehr Rüschen als Babywäsche aus dem neunzehnten Jahrhundert. Ebenso forschend wie ich sie ansah, erforschte sie auch mich. Als wir beide einen ersten Eindruck voneinander gewonnen hatten, lächelte ich sie an, vermutlich ein anerzogener Reflex, und sie fing wieder an zu schluchzen, ich nehme an, im Glauben, das sei ihre Pflicht. Als ich sie vom Flur aus heulen hörte, dachte ich an einen Delphin, doch als ich jetzt das Kreischen aus nächster Nähe vernahm, erschien sie mir wie Moby Dick persönlich.

»Wir waren so glücklich! Meine Mädchen, meine Schätzchen! Dieses Haus war wie ein Taubenschlag! Meine Mädchen! Wer hat sie umgebracht?«

»Señora, bitte!«, bemühte sich Garzón vergeblich. »Bitte reißen Sie sich zusammen.«

Ein Schluchzer aus ihrem tiefsten Innern war die einzige Antwort. Sie setzte die Klage um ihre toten Täubchen fort. Ich begriff, dass man diesem Unwetter nicht mit einem simplen Regenschirm beikommen konnte. Also brüllte ich auch:

»Es reicht, oder ich nehme Sie wegen Behinderung der Ermittlungen fest.«

Ich denke, es war eher der Schrei als die Androhung polizeilicher Maßnahmen, aber es funktionierte. Die Dame im Nachthemd verstummte abrupt und sah mich neugierig an. Jetzt hatten wir uns verstanden.

»Sagen Sie mir bitte Ihren Namen.«

»Agripina ist mein Deckname.«

»Das mit dem Decken lassen wir besser. Wie heißen Sie richtig?«

»Josefa Escudero, aber nennen Sie mich Agripina, sonst werden wir nicht weiterkommen.«

»In Ordnung. Können Sie mir sagen, was passiert ist?«

»Ich bin um ein Uhr schlafen gegangen. Heute Morgen bin ich aufgewacht, bin ins Wohnzimmer gegangen und ...«

Ich hielt sie davon ab, erneut in Wehklagen auszubrechen.

»War denn niemand im Haus, als Sie schlafen gingen?«

»Doch, die Mädchen waren mit ein paar Freiern beschäftigt. Wenn die Freier gehen – keiner bleibt länger als bis zwei –, setzen sich die Mädchen meist noch zum Plaudern zusammen, um sich zu entspannen, ohne Hast, ohne Druck.«

»Sie laden nie einen ein, sich zusammen mit ihnen zu entspannen?«

»Niemals, das ist die Hausordnung. Um zwei müssen die Freier gehen. Auch wenn das hier ein Freudenhaus ist, achten wir doch sehr auf die Vorschriften. Ich könnte

Ihnen ein bisschen aus meiner Vergangenheit erzählen, damit Sie mich besser verstehen.«

Und das tat sie, sie erzählte uns ihre Lebensgeschichte. Eine verrückte Geschichte, irgendwo zwischen Buñuel und den Brüdern Álvarez Quintero angesiedelt, die sowohl Garzón als auch ich jahrelang nicht vergessen sollten.

Zwei

Agripinas Geschichte lässt sich folgendermaßen zusammenfassen: In derselben Wohnung hatte sie früher eine Stickerei betrieben, *Bordadoras Reunidas*. Doch bekanntermaßen leben wir heutzutage in einer globalisierten Welt, die gute Handarbeit und persönliche Betreuung nicht mehr zu schätzen weiß. Niemand ließ mehr Bettlaken, Hemden oder Nachtwäsche besticken. Als sie am Rande des wirtschaftlichen Ruins stand, entschied sich Agripina dafür, den Betrieb komplett umzustellen, wie sie es nannte. Die Umstände des Lebens brachten sie darauf, ein Stundenhotel zu etablieren, aber – sie bestand auf diesen feinen Unterschied – ein Stundenhotel im alten Stil, mit Moral und Anstand. Einfache Mädchen, die weder drogenabhängig noch kriminell waren, vertrauenswürdige Freier und feste Öffnungszeiten. Auf diese Weise konnte sie sich den Zuhälter sparen. Vorsorge sei der beste Schutz, rief sie voller Stolz auf sich selbst als Unternehmerin.

»Damit Sie begreifen, wie gut alles lief, kann ich Ihnen von einem Herrn aus Logroño berichten, der seit zehn Jahren Geschäftsreisen nach Barcelona macht und immer zu uns kommt. Das erklärt wohl alles, oder?«

»Ja«, beeilte sich mein Kollege hastig zu antworten, weil er befürchtete, dass sie noch einen weiteren surrealistischen Schwank aus ihrem Leben erzählen würde.

»Gut. In diesem Falle wird es Ihnen bestimmt nicht schwerfallen, uns zu sagen, welche vertrauenswürdigen Freier gestern Nacht hier waren.«

Das kräftige Türkis auf ihren Augenlidern hob sich deutlich gegen das Weiße in ihren verdrehten Augen ab.

»Bitte Inspectora, das meinen Sie doch nicht ernst!«

»Absolut ernst.«

»Das ist, als würde ich Sie um den Namen Ihres Kontaktmannes beim FBI bitten.«

»Ich habe keine Kontakte zum FBI.«

»Aber selbst wenn ich Ihnen diese Daten geben wollte, habe ich sie nicht.«

»Wie können Sie dann sicher sein, dass die Freier vertrauenswürdig sind?«

»Weil es immer dieselben sind, und die neuen kommen auf Empfehlung der Stammkunden. So einfach ist das. Und wir sind gut ausgelastet, wirklich. Glauben Sie ja nicht, dass es uns an Arbeit fehlt.«

»Und die Mädchen? Ihre ganze Belegschaft ist ermordet worden.«

»Außer Aurora. Sie geht nach der Arbeit immer nach Hause. Sie werden ja sehen, wie erschüttert sie sein wird, wenn sie kommt.«

»Agripina, wir brauchen alle persönlichen Daten Ihrer Freudenmädchen. Wie sie heißen, ihre Adressen, wer ihre Familien sind.«

»Ich habe nur die Angaben, die sie mir gemacht haben, ich nehme mal an, dass sie ehrlich gewesen sind.«

»Wir kommen heute Abend wieder vorbei. Sie haben nichts gehört oder gesehen? Nichts, das Sie etwas Ungewöhnliches hat argwöhnen lassen?«

»Nichts. Es war alles ganz normal. Ich habe nichts gehört, weder Geräusche noch Stimmen. Aber das ist nicht außergewöhnlich, ich habe einen tiefen Schlaf.«

Während des Redens hatte sie sich beruhigt, aber die Worte, die sie beruhigten, hatten mich eher beunruhigt. Die Zahl der möglichen Mörder hatte sich gefährlich multipliziert. Es war jemand, den die Mädchen kannten, sonst hätten sie nicht aufgemacht und ihn ins Zimmer gelassen, aber diese bekannte Person vergrößerte die Möglichkeit, dass sie unter den Familienmitgliedern oder Freunden der Mädchen, unter den anonymen Freiern und den persönlichen Feinden von Madame zu suchen war. Selbst dieser Herr aus Logroño könnte der Mörder sein, auch wenn ich das natürlich gegenüber Agripina nicht erwähnte. Bevor wir das Gespräch beendeten, sah ich sie aufmerksam an und fragte:

»Agripina, wenn Sie die ganze Nacht geschlafen haben, warum haben Sie sich vorher nicht abgeschminkt?«

Ich las aus ihrem Gesicht, dass dies ein unerwarteter Treffer war. Entweder fühlte sie sich ertappt, oder es war einfach nur die erste Frage, die auf sie als mögliche Täterin abzielte. Ihre Antwort verzögerte sich einen Augenblick.

»Inspectora, ich bin nicht mehr die Jüngste, wie Sie sehen. Um bis zwei Uhr nachts durchzuhalten, muss ich hin und wieder etwas Stimulierendes zu mir nehmen. Das ist normalerweise ein Gläschen Whisky. Ich war einfach so müde, dass ich nicht einmal daran gedacht habe, mich abzuschminken.«

Sie lächelte wie eine dieser koketten Großmütter, die mit unserer Komplizenschaft rechnen.

»Was halten Sie von ihr?«, fragte ich Garzón beim Hinausgehen.

»Ich weiß nicht, was ich denken soll. Ich würde die nicht von der Liste der Tatverdächtigen streichen.«

»Ich auch nicht, vor allem, weil diese Liste noch gar nicht existiert.«

»Das wird sie aber. Wie wäre es, wenn wir dieser Aurora einen Besuch abstatten? Hat Ihnen die Alte ihre Adresse gegeben?«

Ich nickte lustlos. Als wir uns vom Untersuchungsrichter verabschiedeten, spürte ich angesichts des Blutbads wieder diese Beklemmung in mir aufsteigen. Ich sah mir die toten Täubchen noch einmal an. Da war Hass, niemand tötet bewusst so viele Menschen auf einmal, nicht wegen Geld und auch nicht wegen des Geschäfts. Zum Glück hatten wir hier nichts mehr verloren. Nachdem wir alle nötigen Maßnahmen getroffen hatten und die Durchsuchung sowie die Befragung der Nachbarn ergebnislos geblieben waren, überließen wir dem Untersuchungsrichter das Terrain zur Freigabe des Abtransports der Leichen.

Aurora Fernández ausfindig zu machen war nicht schwer. Die angegebene Adresse stimmte. Sie schlief noch, obwohl es schon Mittag war. Sie empfing uns ungläubig, aber ohne den geringsten Argwohn.

»Polizei? Sie wollen zu mir?«

Garzón erklärte ihr die Tragödie, und sie reagierte merkwürdig. Sie presste die Hände an die Schläfen und schloss die Augen. Ich beobachtete sie mit unverhohlener Neugierde. Sie musste ungefähr fünfunddreißig sein. Sie war hübsch, dunkelhaarig und ihre Gesichtszüge waren keineswegs gewöhnlich, sie hatte schmale weiße Hände, und ihre Haltung hatte eine gewisse Eleganz.

»Mein Gott, wie grausam. Wie konnte so etwas passieren?«

Sie schlug die Hände vors Gesicht und schluchzte auf. Ich beruhigte sie mit ein paar absurden Klapsen auf die Schulter.

»Beruhigen Sie sich, wir müssen mit Ihnen reden.«

»Kann ich was trinken? Ich brauche etwas Starkes.«

Ich erlaubte es ihr und stellte fest, dass sie dieselben Mittel einsetzte wie der Subinspector. Sie trank einen Schluck Whisky, und ihr blasses Gesicht bekam wieder Farbe.

»Ich kann es nicht glauben ... und ich hier! Ich bin immer vor den anderen gegangen, wahrscheinlich bin ich deshalb davongekommen.«

»Warum gehen Sie früher?«

»Na ja, ich habe später als die anderen bei Agripina zu arbeiten begonnen, vor knapp sechs Monaten. Die anderen war sehr eng befreundet, ich nicht so, obwohl ich sie mochte.«

»Verstehe. Und was haben Sie gestern nach zwei Uhr gemacht?«

»Ich bin nach Hause gegangen, habe geduscht und mir etwas zu essen gemacht. Dann habe ich ein wenig Musik gehört und bin schlafen gegangen.«

»Hat Sie jemand gesehen?«

»Das weiß ich nicht, vielleicht. Es war schon sehr spät.«

»Aber Sie sind sich nicht sicher, dass jemand aussagen könnte, Sie gesehen zu haben?«

»Ah, jetzt verstehe ich, was Sie meinen! Nein. Was ist, glauben Sie etwa, ich hätte meine Kolleginnen umgelegt? Neue Karriere als Mörderin, meinen Sie wohl?«

»Wir glauben noch gar nichts. Sie leben noch und die anderen nicht. Wir müssen ermitteln, das ist unsere Pflicht.«

»Das finde ich in Ordnung. Hoffentlich helfen die Ermittlungen, diesen Hurenbock zu finden, der sie umgebracht hat.«

»Deshalb ermitteln wir ja.«

»Aha«, erwiderte sie leise und leicht ironisch.

Es würde nicht leicht sein mit ihr, sie wirkte wie eine vom Leben geschlagene Frau, verbittert und hart. Trotzdem brauchten wir sie zur Aufklärung der persönlichen Umstände ihrer Kolleginnen. Auch wenn es wenig sein würde, wüsste Aurora doch bestimmt mehr über sie als Agripina. Das war normal. Ich versuchte, sie nicht gegen uns aufzubringen.

»Also noch einmal, Aurora, erzählen Sie uns etwas über Ihre Kolleginnen.«

»Was wollen Sie wissen?«

»Alles, was Sie wissen.«

»Das ist nicht viel.«

Ich holte meine Namensliste heraus.

»Flora Domínguez.«

»Wir beide waren die Ältesten. Sie hat nicht viel Glück im Leben gehabt. Sie hat einen zehnjährigen Sohn, der bei ihrer Familie in León lebt. Sie sah ihn kaum, sie schämte sich dafür, was der Junge denken könnte.«

»Hat sie Drogen genommen, hatte sie finanzielle Probleme?«

»Na ja, jemand mit einem dicken Bankkonto würde wohl kaum im Bordell arbeiten, Inspectora.«

»Mal abgesehen davon, wissen Sie, ob die Tatsache, ein Kind zu haben, sie noch stärker in die Pflicht nahm, musste sie Rechnungen bezahlen, hatte sie Schulden?«

»Das glaube ich nicht, sie war eine ganz normale Frau. Außerdem haben viele Huren Kinder. Sie bekommen sie, sie stellen sie bei ihrer Familie oder einer alten Exhure ab und vergessen sie mehr oder weniger.«

»Was können Sie mir über Lola Buendía und Manuela Galván sagen?«

»Bah!«

»Was soll das heißen: bah?«

»Das waren zwei unbeholfene Mädchen, dumm wie Bohnenstroh, solche gibt es massenweise. Eine war verheiratet gewesen, Manuela nicht. Manuela dürfte von Geburt an Nutte gewesen sein. Sie mochte das Geschäft, es hat ihr Spaß gemacht.«

Sie sah uns mit herausforderndem Blick an. Das klang nicht gerade nach enger Verbundenheit mit ihren Kolleginnen. Ich sah wieder auf meine Liste. Was ich las, ließ mich zweifeln.

»Stimmt das, was hier steht? Pilar Salvat war erst zwanzig?«

»Sie war die Jüngste, ja. Ich dachte immer, was zum Teufel hat sie in diesem Haus verloren? Konnte sie sich nicht anders ihr Geld verdienen? Da sieht man mal wieder, dass manche Frauen es sich nicht zweimal überlegen, ob sie arbeiten wollen oder nicht.«

»Und Sie?«, mischte sich plötzlich Garzón ein.

»Ich was?«

»Sie kritisieren die anderen heftig, widmen sich aber auch nicht gerade Ihren häuslichen Pflichten.«

Aus ihren Augen blitzte der blanke Hass.

»Ich arbeite erst seit sechs Monaten dort und werde es wahrscheinlich wieder sein lassen. Es ist ein Scheißjob.«

»Wo haben Sie vorher gearbeitet?«

»Ich habe Banken und Büros geputzt.«

»Warum haben Sie das aufgegeben?«

»Ich hatte es satt, von morgens bis abends für einen Hungerlohn mit dem Putzlappen herumzulaufen. Ich wollte es ausprobieren.«

»Haben Sie Familie?«

»Meine Eltern sind gestorben, ich habe niemanden mehr.«

»Sind Sie verheiratet, haben Sie einen Freund?«

»Nein, keine Lust.«

Ihr angedeutetes Grinsen verriet die große Verachtung, die diese Befragung bei ihr auslöste. Sie verachtete die anderen Frauen, sie verachtete unsere Arbeit, vielleicht verachtete sie sich selbst. Und das Schrecklichste daran war, dass sie möglicherweise gute Gründe hatte für die Auffassung, dass die Welt kein anständiger Ort sei. Ich hatte schon früher Menschen wie sie kennen gelernt. Man fragte sich, woher sie trotzdem ihren Überlebenswillen nehmen. Garzón war nicht meiner Meinung. Es konnte sich um eine Schmarotzerin handeln, die schlicht den anderen alles neidete. Worin wir völlig übereinstimmten war, dass sie eine unbeugsame Härte, Hoffnungslosigkeit und Verzweiflung ausstrahlte.

»Es muss schrecklich sein, mit ihr zu tun zu haben.«

»Macht es sie zur Tatverdächtigen, dass sie überlebt hat?«

»Ich fürchte, nein. Wenn sie immer früher gegangen ist…«

Wir befragten die Nachbarn. Eine Señora bestätigte ihre Version. Sie hatte gegen drei Uhr nachts ziemlich laute Musik aus Auroras Wohnung gehört. Sie wollte schon hochgehen und um Ruhe bitten, aber sie hatte sich nicht aufraffen können. Eine Stunde später, so gegen vier Uhr, war die Musik aus. Es war ein dürftiges Alibi, aber ein Alibi. Wie auch immer, welchen Grund hätte diese zynische Frau gehabt, ihre Kolleginnen umzubringen, zu denen sie kaum eine Beziehung hatte?

Der Bericht der Ballistik traf am nächsten Tag ein. Die Schüsse waren aus einer 22er Beretta abgegeben worden, einem Modell, das ziemlich leicht auf dem Schwarzmarkt zu erstehen war. Es war eher unsinnig, diese Spur aufzunehmen. Dennoch beantragten wir eine Fahndung, die sich auf mögliche Käufer im Stadtteil des Verbrechens und auch in der Welt der Prostitution erstreckte.

»Um festzustellen, dass sowieso nichts dabei herauskommt«, brachte Fermín wenig zuversichtlich zum Ausdruck.

Im Zuge der üblichen, wenn auch zweifelhaften Ermittlungen forderten wir einen Bericht über möglichen

Drogenmissbrauch aller Opfer an und einen weiteren, der klären sollte, ob sie irgendwo Geld geliehen hatten, ob nun zu Wucherzinsen oder als legale Kredite.

Wir unsererseits versuchten, etwas mehr über diese vier unglückseligen Frauen herauszufinden, deren Leichen der Untersuchungsrichter bereits zur Bestattung freigegeben hatte.

Drei

In der Woche darauf fanden die Beerdigungen statt. Wir nahmen an jeder der vier Trauerfeiern teil, um zu sehen, ob jemand aus dem engeren Familienkreis dort auftauchte. Es war reine Zeitverschwendung, und das Schauspiel war ziemlich erschütternd. Zur Beisetzung von Flora Domínguez kam nur ihre Schwester, die Einzige, die ihr ihren liederlichen Lebenswandel zu verzeihen schien. Zur Beerdigung von Manuela Galván kamen ihre Mutter und eine Gruppe von untröstlichen Transvestiten. An Lola Buendías Bestattung nahmen Freundinnen teil, deren Aussehen keinen Zweifel daran ließ, dass sie demselben Gewerbe nachgingen wie die Tote. Und beim Begräbnis der blutjungen Pilar Salvat schließlich sahen wir niemanden außer der jammernden Madame, die alle Beisetzungsfeierlichkeiten für ihre Freudenmädchen mit ihrer Anwesenheit beehrt hatte. Bei allen vieren weinte sie in der theatralischen Art, die wir schon kannten, soll heißen, ihre Stimme erhob sich bisweilen zu dem einen oder anderen Heuler. Bei der Beerdigung der Zwanzigjährigen war sie die Hauptdarstellerin, und ihr Geheul machte die Abwesenheit anderer Trauergäste wett. Ein Operettensolo, bei dem sogar der Pfarrer fast applaudiert hätte.

Warum war kein Mensch zur Bestattung dieses traurigen Mädchens gekommen? Es war ganz einfach: In ihrem Vorleben tauchte kein einziges Familienmitglied auf. Sie war in einem Waisenhaus der Stadt groß worden, das sie mit achtzehn unter dem Vorwand, einen Arbeitsvertrag zu haben, verlassen hatte. Agripina nahm sie bei sich auf, und Pilar begann, in ihrem Freudenhaus zu arbeiten, sie lebte auch bei ihr. Die Madame vertraute uns an, dass sie ihr leidgetan hätte, so vernachlässigt, wie sie gewesen war.

»Sie war wie eine Tochter für mich! Morgens hat sie mir immer einen Milchkaffee ans Bett gebracht! Ich werde diesen Verlust nie verwinden, selbst wenn ich hundert Jahre alt werden sollte.«

Wir verfolgten die Spur des Waisenkindes. Laut den Unterlagen des Jugendamtes galt sie als Findelkind. Man hatte sie in der Wohnung einer verstorbenen alten Frau gefunden. Sie hatte drei oder vier weitere Kinder versorgt – alles Kinder von Prostituierten. Als sie gefunden wurden, wiesen die Kleinen Anzeichen von Unterernährung auf. Die Alte war ins Jenseits gegangen, ohne zu offenbaren, wer die Mütter ihrer Schützlinge waren. Sie wurden in staatliche Obhut gebracht. Einige wurden von Pflegefamilien aufgenommen und später adoptiert. Pilar wollte niemand haben. Ich war bestürzt.

»Was für ein erbärmliches Leben!«

»Es gibt viele Menschen mit einem ähnlichen Schicksal! Und früher war es noch schlimmer, da gab es nicht mal ein Jugendamt. Als ich bei der Polizei anfing, haben wir einmal ein Mädchen gefunden, das wie eine Sklavin in einem Dorfgasthaus gehalten wurde. Sie war neun Jahre alt, schlief auf einem Strohsack und war halbtot vor Hunger. Ihre Beine waren so dünn wie Drahtseile.«

Subinspector Garzón mochte Schauergeschichten, oder zumindest erzählte er gerne welche. Er wusste ganz genau, dass ich einen empfindlichen Magen habe und dass ich Hintertreppenromane und Horrorgeschichten verabscheute. Ich versuchte dagegenzuhalten:

»Wunderbar, Fermín, und in diesem Gasthof gab es kein Schäfchen, das vom Blitz getroffen worden war? Ich meine, das würde doch das Bild mit dem ausgehungerten Mädchen abrunden.«

»Manchmal denke ich, Sie haben kein Herz, Inspectora.«

»Wäre fast besser, in Anbetracht dieses ganzen moralischen Elends.«

Er sah mich schräg an und schüttelte ratlos den Kopf wie ein Priester, der das Unbewusstsein seiner Schäfchen erforscht.

Die Lebensgeschichten der anderen Opfer waren sehr viel ergiebiger, sie wären für einen Dickens oder andere Schriftsteller des 19. Jahrhunderts eine Goldgrube gewesen. Niemand hätte zu behaupten gewagt, dass im Zeitalter des Internet noch so viele Menschen am Rande der Gesellschaft lebten. Eines dieser Mädchen war zu Hause rausgeflogen. Eine andere hatte alle möglichen Jobs gemacht, bis sie zur richtigen Prostitution kam. Diejenige, die einmal verheiratet gewesen war, war von ihrem Mann verlassen worden, der ihr keinen Cent mehr zahlte. Alles zusammengenommen eine »glückliche« Welt, an der man teilhaben konnte. Und es hatte etwas so Schreckliches wie dieses Massaker geschehen müssen, damit diese schäbigen Geschichten ans Licht kamen. Die Reporter waren begeistert. Das Blutbad in der Calle Ausias March wurde von Tausenden Lesern in den Zeitungen verfolgt. Zum Glück schwang sich Comisario Coronas persönlich zum offiziellen Pressesprecher auf, so dass wir uns nicht gezwungen sahen, jedes Mal, wenn wir jemanden mit einer Kamera sahen, die Flucht zu ergreifen.

Es wiederholte sich ein hundert Mal erlebter Mechanismus. Die Angehörigen der Mädchen, die sich geweigert hatten, mit der Polizei zu reden, zeigten sich entzückt, mit den Medien zu plaudern, die sie für ihre Mitarbeit mit Geld köderten. Jedenfalls erzählten sie nur Lügen oder banale Anekdoten. Garzón und ich versuchten, uns aus diesem schmutzigen Zirkus herauszuhalten, es gelang uns aber nur halbwegs. Hin und wieder bekamen wir einen richtigen Wutanfall, wenn ein Zeuge uns antwortete, dass er bereits der Zeitschrift XY alles gesagt habe, was er zu sagen habe. Bei anderen Gelegenheiten enthüllten Journalisten neue Spuren. Zum Beispiel im Fall von Lola Buendías Exmann. Es war ziemlich schwierig gewesen, seinen Aufenthaltsort ausfindig zu machen. Wir selbst sowie ein Spezialtrupp waren ihm auf der Spur, bis wir ihn in einer Fernsehsendung auftreten sahen. Subinspector Muñoz hatte uns davon erzählt und uns die Videoaufzeichnung gegeben. Wir sahen uns das Band stumm vor Entsetzen im Vorführungsraum des Kommissariats an.

Es handelte sich um einen dreisten, geschniegelten, relativ jungen Typen, der sich aufführte, als sei er etwas Besseres. Er trug eine Goldkette mit einem riesigen Medaillon und schaute völlig unbefangen direkt in die Kamera. Er gab eine Reihe unzusammenhängender Sätze über seine Exfrau von sich, die wie aus einer scheußlichen

Fernseh-Schmonzette entlehnt klangen. Sie sei auf die schiefe Bahn geraten, er habe sie hundert Mal davor gewarnt, er habe an ihrer Seite sehr gelitten, sie sei eine gute Frau gewesen, aber so schwach … Ich spürte, wie mir das Blut ins Gesicht schoss und es rot färbte. Zusammen mit einer Krankenpflegerin habe er sein Leben wieder in Ordnung gebracht, und sie hätten zwei Kinder. An der Seite Lolas habe er sich ein ganz normales Leben nie vorstellen können. Aber so sei sie eben gewesen, sie habe sich nie helfen lassen.

Ich sprang von meinem Stuhl auf, als hätte ich einen Stromschlag erhalten.

»Verdammter Scheißkerl! Wenn ich mit dir fertig bin, wird dir niemand mehr helfen können. Ich werde dich zerstören, ich werde dem ganzen Land sagen, dass du ein gerissenes Arschloch bist, dass du ihr nie einen Cent gezahlt hast. Und ich werde dich des Mordes anklagen!«

An diesem Punkt angekommen, ermahnte mich mein Kollege:

»Ganz ruhig, wenn Sie jemand hört, könnte er denken, Sie meinen es ernst.«

»Und das tue ich auch, zweifeln Sie nicht daran!«

»Aber wir wissen doch gar nicht, ob er die Wahrheit sagt.«

»Kein Exmann und keine Exfrau sagt die Wahrheit. Es ist unglaublich, dass Sie die einfachsten Regeln nicht kennen, Fermín. Rufen Sie sofort bei diesem Scheißsender an, die sollen Ihnen sagen, wo sie diesen miesen, eingebildeten Fatzke aufgespürt haben.«

»Wie Sie meinen, Inspectora.«

»Und beglückwünschen Sie sie in meinem Namen für die Sozialarbeit, die sie mit ihrer Sendung leisten.«

Er nickte, konnte meinen Ausfall aber nicht gutheißen. Schlimmer noch war, dass ich nichts daran ändern konnte. Ich weiß nicht, was mich mehr aufregt: einen Aufschneider zu sehen, der um Vergebung heischt, oder feststellen zu müssen, dass die Leute ihm verzeihen, nur weil er im Fernsehen auftritt. Die Missbilligung meines Kollegen interessierte mich nicht, auch nicht, dass er mich der Subjektivität bezichtigte; ein solcher Ausfall hin und wieder animiert zum Weitermachen und hebt zudem die Moral.

Wir fanden ihn. Er arbeitete als Zeitkontrolleur in einer Fabrik. Ihm war nicht in den Sinn gekommen, sich bei der Polizei zu melden, aber mit den Reportern hatte er Kontakt aufgenommen.

Garzón, der sich nicht sicher war, ob ich mich beim Verhör korrekt verhalten würde, bat mich, die Vernehmung leiten zu dürfen. Ich war einverstanden, ich hatte sowieso nicht viel Lust, mit diesem abstoßenden Typen zu reden. Als wir eintraten, war er sofort auf der Hut und begann, im Bewusstsein, nicht korrekt gehandelt zu haben, sich umständlich zu rechtfertigen. Er habe nicht gewusst, wie er auf uns zugehen sollte, er hatte geglaubt, seine Aussage sei für die Polizei nicht von Interesse … Der Subinspector unterbrach ihn trocken:

»Beschränken Sie sich darauf, unsere Fragen zu beantworten, ja?«

»Gut, was wollen Sie wissen?«

»Wann haben Sie Lola zum letzten Mal gesehen?«

»Vor mindestens zwei Jahren.«

»Aus welchem Grund?«

»Sie wollte Geld, wie immer. Diese Frau wollte immer mehr. Sie ließ mich nicht in Ruhe, sie verfolgte mich ...«

Plötzlich wurde ihm klar, dass so eine Aussage in Anbetracht der Umstände eine gewisse Tragweite hatte. Verstohlen biss er sich auf die Lippen und begann zu schwitzen.

»Hören Sie, ich habe zwei Jahre lang nichts mehr von ihr gehört. Als sie begriffen hatte, dass sie keinen Cent mehr aus mir herausquetscht, hat sie mich nicht mehr belästigt.«

»Haben Sie ihr schon mal Geld gegeben?«

»Ja, einmal.«

»Und dann nicht mehr?«

Was auch immer er antwortete, es würde ihm schaden. Er war ein dringend Tatverdächtiger.

»Ich habe ihr nie monatliche Summen gegeben wie andere Ehemänner. Dieser Beschiss ist nichts für mich.«

Ich hatte mich bisher richtig gut beherrscht und zudem den Mund gehalten, aber jetzt konnte ich mich nicht mehr zurückhalten:

»Na wunderbar, dieser Beschiss wurde vermutlich von einem Gericht angeordnet, und du hast dich keinen Deut darum geschert. Womöglich hat dich Lola nicht einmal angezeigt für deine Unterlassung, wie es andere Frauen mit ihren Männern tun.«

»Hören Sie, andere Frauen werden auch nicht zu Huren.«

»Natürlich, das kam dir wunderbar gelegen als Ausrede, um ihr nichts zahlen zu müssen. Du bist vielleicht ein Mistkerl.«

Der Kerl sah in Garzón einen Rettungsanker.

»Sagen Sie ihr, sie soll mich nicht beleidigen. Ich bin ein anständiger Mitbürger, der seine Steuern zahlt.«

Garzón zuckte die Achseln.

»Ich habe ihr gar nichts zu sagen, sie ist meine Chefin.«

Ich packte ihn so heftig an den Kragenaufschlägen, wie ich nur konnte.

»Wo warst du zum Zeitpunkt des Mordes, du Steuern zahlender Knilch?«

Ernstlich erschrocken antwortete er:

»Ich habe geschlafen, zu Hause, bei meiner Frau und meinen Kindern. Ich bin um neun Uhr heimgekommen, der Nachbar im Vorderhaus kann es bestätigen. Er war krank und hatte mich gebeten, ihm die Zeitung mitzubringen, das habe ich auch getan.«

»Das werden wir nachprüfen, wir überprüfen alles, was du in deinem beschissenen Leben gemacht hast, und ich verspreche dir, beim geringsten Verdacht bist du dran.«

Ich hoffte, dass dieser kleine Hieb ihn zumindest davon abhalten würde, noch einmal im Fernsehen den Königspfau zu spielen. Aber der Subinspector konnte das natürlich im Nachhinein nicht billigen:

»Sagen Sie, was interessiert Sie mehr, Inspectora? Dass dieser Mann was Interessantes aussagt oder dass man Ihnen die Tapferkeitsmedaille für Radikalfeminismus verleiht? Ich bin nämlich davon überzeugt, dass der nervliche Zustand, in den Sie ihn gebracht haben, nicht gerade eine ideale Voraussetzung für ein Geständnis ist.«

»Ich glaube ja nicht, dass er der Täter ist. Er hätte sich einen Zeitpunkt ausgesucht, zu dem Lola nicht mit Leuten zusammen war. Warum sollte er sich mit drei weiteren Toten belasten?«

»Und wenn er aus Hass oder Verblendung gehandelt hat?«

»Glauben Sie etwa, dass dieser Typ zu extremen Empfindungen fähig ist? Ich finde sein ganzes Verhalten gewöhnlich, und wir suchen keinen gewöhnlichen Mörder. Überprüfen Sie dennoch alles, was es über ihn zu erfahren gibt, selbst die Farbe seines Schlafanzugs, und wenn mir nicht gefällt, worin er schläft, werde ich ihn einseifen.«

»Gott bewahre uns vor zornigen Frauen!«

»Und auch vor ermordeten, Garzón, diesmal sind es vier, vergessen Sie das nicht.«

Er seufzte tief, geduldig wie der heilige Hiob.

Vier

Manuela Galváns Transvestitenfreunde waren sympathisch und redeten bereitwillig. Wahrscheinlich zu viel. Sie erfüllten mein Büro mit heiterem Gezwitscher bis hin zu unvermittelten Gefühlsausbrüchen, bei denen sie alle überirdischen Mächte, die Jungfrau und den Allmächtigen persönlich anriefen. Es war ein wenig schwierig, die Aussagen zu koordinieren, aber mein Assistent und ich hatten es bald geschafft. Man musste ihnen nur zugestehen, sich über die Ungerechtigkeit der Welt auszulassen und sie zu verfluchen, bis ihnen nichts mehr einfiel. Dann wurde es konkreter.

»Hatte Manuela Galván einen Freund?«

»Manuela? Ach was! Sie traute den Männern nicht, die sind doch schrecklich. Was glauben Sie wohl, warum sie uns als Freunde hatte?«, antwortete ein Jüngling, der ein orientalisches Gewand trug.

»Dazu muss man aber noch sagen, dass sie Frauen auch nicht schätzte, denen traute sie noch weniger. Zu uns hatte sie Vertrauen, ich nehme an, weil wir weder Fisch noch Fleisch sind.«

Allgemeines Gelächter zusammen mit empörten Protestschreien explodierten wie ein Feuerwerk.

»Meine Herrschaften, bitte! Wir sind hier im Kommissariat!«, beschwichtigte Garzón.

»Schweigen Sie, Herr Polizist, erinnern Sie uns nicht daran. Ich frage mich sonst, was wir hier verloren haben.«

»Sie helfen uns, ein Verbrechen aufzuklären, meine Herren. Und dafür müssen Sie aufrichtig sein und die Wahrheit sagen.«

Der Älteste, eine Art Pressesprecher, wurde ganz ernst und sagte mit einer etwas theatralischen Geste zu mir:

»Fragen Sie mich alles, was Sie wissen wollen, und ich werde es Ihnen erzählen.«

»Uns ist sehr wohl klar, dass Sie alle die Tote sehr gemocht haben, dass sie Ihre Freundin war, aber Sie müssen uns auch sagen, welche Schwächen sie hatte.«

»Schwächen? Alle! Wir ... so wie wir leben, sind wir immer die schwächsten Glieder dieser Gesellschaft. Jeder kann uns beleidigen, lächerlich machen, töten ...«

Eisiges Schweigen breitete sich im Raum aus. Jetzt war Schluss mit lustig.

»Ich meine ihre Schwachpunkte. Ob sie Drogen genommen hat, ob sie einen Zuhälter hatte, ob sie in etwas Schmutziges verwickelt war, ob sie jemandem Geld schuldete ...«

Bevor er antwortete, wägte er seine Worte genau ab und warf den anderen einen flüchtigen Blick zu.

»Sie war von niemandem abhängig, und das Arbeiten für die alte Agripina hat ihr gut gefallen. Soweit ich weiß, war sie niemandem Geld schuldig. Sie hatte reichlich zum Leben und ließ es sich gut gehen, das war es, was ihr wirklich gefiel, ausgehen und Männer aufreißen. Was die Drogen anbelangt ... nun ja, mal einen Joint, mal eine Linie ... wie alle eben. Sie wirken wie eine moderne

Frau, Inspectora, ich bin davon überzeugt, dass auch Sie hin und wieder eine Linie schniefen, oder nicht?«

»Lassen wir das Modernsein aus dem Spiel. Glauben Sie, dass sich ein Dealer sein Geld holen wollte, indem er sich Manuela und alle anderen vorgenommen hat?«

»Nein, unmöglich, bestimmt nicht. Wir hätten davon gewusst. Wenn so etwas passiert wäre, wäre sie zu uns gekommen.«

»Also, wer hat sie dann Ihrer Meinung nach umgebracht?«

»Interessiert Sie meine Meinung wirklich?«

»Selbstverständlich.«

»Ich glaube, es war ihre Mutter.«

»Die Señora auf der Beerdigung?«

»Lassen Sie sich von dem frömmlerischen Getue dieser grauen Maus nicht täuschen. Sie ist ein Drachen, eine Bestie, schrecklich. Sie schämte sich für ihre Tochter, sie rief sie an, um ihr zu sagen, dass sie sie verfluchen und in die Hölle schicken würde. Sie hasste sie. Sie war wie eine katholische Fanatikerin, genau wie die Taliban – jeder auf seine Art natürlich.«

Die zahlreichen Begleiter waren im Begriff zustimmend zu applaudieren. Von dieser Hypothese waren sie nicht mehr abzubringen. Sie zeichneten das Bild der Señora Galván, einer fast siebzigjährigen Witwe, in den düstersten Farben des Schreckens. So plastisch, dass ich, nachdem die Gruppe schließlich gegangen war, Garzón fragte:

»Was halten Sie davon?«

»Ich? Na, das ist eine Schnapsidee dieser Typen, Inspectora, ich kann mir das nicht anders erklären.«

»Ein religiös motivierter Mord würde zu der Tatsache passen, dass es ein Massaker war. Das ist meist so.«

»Ja, Petra, ich sehe schon, nachdem Sie den Macho-Exmann als Täter ausschließen mussten, würde Ihnen ein religiös motiviertes Verbrechen gut passen, nicht wahr? Ihre beiden schwarzen Schafe, die Hauptverdächtigen, wären nach allen Regeln der Kunst erledigt.«

»Wollen Sie damit andeuten, dass ich mich bei den Ermittlungen von meinen privaten Obsessionen leiten lasse?«

»Mensch, Inspectora, jetzt fehlt eigentlich nur noch, dass Sie einen Neonazi beschuldigen, damit Ihre gesamte Ideologie zum Tragen kommt.«

»Wie üblich befinden Sie sich im Irrtum, mein lieber Subinspector. Wenn die Zeugenaussagen uns immer wieder von den üblichen Motiven wie Drogen und Geld wegführen, muss man gewichtigere Motive suchen, oder? Und so eine Taliban-Mutter könnte sich sehr wohl zu so etwas hinreißen lassen.«

»Und auf dem Schwarzmarkt eine Knarre kaufen? Also wirklich, Inspectora, das ist ja zum Totlachen!«

»Es hat schon Merkwürdigeres unter der Sonne gegeben. Rufen Sie die Mutter an, und sagen Sie ihr, dass wir vorbeikommen. Ich möchte sie befragen und ihr Haus durchsuchen.«

»Die arme Frau wird einen Herzinfarkt bekommen.«

»Immerhin sind wir auf die Stimme des Blutes gestoßen! Stimmt's etwa nicht, Garzón? Wer hat denn mit den schwarzen Schafen und Obsessionen angefangen? Ist Ihnen eine Mutter zu viel?«

»Mir? Wenn Sie wollen, schleppe ich Ihnen die ganze heilige Familie an! Müssen Sie mir den Ball immer sofort wieder zurückwerfen, können Sie nicht warten?«

»Mein Gerechtigkeitssinn ist unerbittlich.«

»Bemühen Sie sich nicht, das zu erklären. Ich habe schon verstanden.«

Wir fuhren zu besagter Mutter, die in einer kleinen Wohnung in Poble Sec wohnte. Beim Anblick ihrer Armut begriff ich, dass sie in der Religion, oder in was auch immer, das das Unerklärliche erklärte, Zuflucht suchte. Was sie als Erstes sagte, ließ uns vermuten, dass sie leicht verwirrt war:

»Meine Tochter ist für mich gestorben.«

»Ja, Señora, und für alle anderen auch«, antwortete Garzón rasch, er war kein Freund von Haarspaltereien.

»Ich will damit sagen, dass sie für mich schon gestorben war, bevor man sie umgebracht hat.«

»Hat sie Ihnen irgendetwas getan?«, schaltete ich mich ein.

»Sie war eine Prostituierte! Und das wird von Gott bestraft.«

»Ihre Tochter hat er schon bestraft, welche schlimmere Strafe wünschen Sie ihr, außer ermordet zu werden? Ich nehme doch an, Sie wollen sie nicht noch zusätzlich bestrafen.«

»Mir war egal, was ihr passieren könnte. Jetzt hat sie wenigstens aufgehört zu sündigen.«

»Wo waren Sie in der Nacht, als Manuela umgebracht wurde?«

»Zu Hause in meinem Bett, wie alle anständigen Frauen.«

»Kann das jemand bezeugen?«

»Fragen Sie Paquita, die habe ich vor sechs Jahren aus lauter Barmherzigkeit bei mir aufgenommen.«

Dass jemand bei ihren Lebensbedingungen der Barmherzigkeit frönte, schien mir ziemlich unwahrscheinlich, aber wir baten darum, diese Paquita zu sprechen, und die Frau führte uns zu ihrem Zimmer. Bei ihrem Anblick waren sowohl der Subinspector als auch ich erschüttert. Sie lag mit entrücktem Gesicht wie eine Zeitgenossin Noahs im Bett. Offensichtlich hatte sie unser Eintreten bemerkt und fragte, wobei sie uns angestrengt ansah:

»Ist schon Zeit zum Abendessen?«

Es war lächerlich, uns das Alibi von ihr bestätigen zu lassen, und wir akzeptierten es einfach. In einem letzten verzweifelten Versuch durchsuchte Garzón die Wohnung, während die Mutter und ich uns wartend gegenübersaßen. In keinem Moment wäre mir eingefallen, ein Gespräch zu beginnen, denn das hätte unweigerlich ein schlechtes Ende genommen. Nach zwanzig Minuten tauchte mein Kollege mit einem Foto in der Hand wieder auf. Er fragte die Frau:

»Ist das Ihre Tochter, als sie noch jünger war?«

Sie warf einen schrägen Blick darauf und flüsterte:

»Ja, das ist sie.«

»Ich dachte, sie existiert nicht mehr für Sie.«

Mit frostigem Gesicht wie ein Eiszapfen riss sie Garzón das Foto aus der Hand und zerriss es in viele kleine Schnipsel.

»Jetzt hat sie aufgehört zu existieren.«

Wieder im Kommissariat sagte Garzón zu mir:

»Sehr hart, die Señora, nicht wahr?«

»Hart wie Stein. Hätte ich so eine Mutter gehabt, wäre ich nicht nur Prostituierte geworden, sondern hätte in meiner Freizeit noch mit Drogen gedealt.«

»Gut möglich, aber sie hat die Frauen trotzdem nicht umgebracht. Ich glaube nicht, dass sie schon mal eine echte Pistole gesehen hat.«

»Nein, hätte sie eine gehabt, sie hätte sich selbst umgebracht.«

»Oder sie hätte dieser zerlumpten Paquita eine Kugel verpasst, wenn sie eines Abends zum zweiten Mal um Essen gebeten hätte.«

»Sie sind ziemlich erbarmungslos, Fermín. Und dann wagen Sie es, mir zu sagen, ich hätte kein Herz.«

»Vielleicht hat kein Polizist ein Herz.«

»Dann sind wir anscheinend nicht die Einzigen.«

Nein, das waren wir nicht. Die Schwester von Flora Domínguez, die einzige der Familie, die aus León zur Beerdigung angereist war, wirkte auch nicht gerade betrübt. In ihrem Fall war der Stein des Anstoßes nicht der Glaube, sondern das Verantwortungsgefühl. Flora war eine leichtfertige und schlechte Frau gewesen, weil sie ihren Sohn in León zurückgelassen hatte und nie wieder aufgetaucht war. Offensichtlich hatte sie ihrer Familie jeden Monat Geld geschickt, aber dieses arme verlassene Kind nie besucht.

»Hätten Sie sie denn zu ihm gelassen, wenn sie gekommen wäre?«

»Nein. Sie war dem Kind ein schlechtes Vorbild.«

»Na dann …«

»Man muss seinen Verpflichtungen nachkommen, unabhängig davon, was die anderen tun.«

Weder Gnade noch Vergebung hatten diese jungen Frauen von der Gesellschaft erfahren. Die Zeugin konnte nur wenig über Flora Domínguez hinzufügen. Sie wusste kaum etwas von ihr. Es war ihr nicht bekannt, ob sie drogenabhängig gewesen war oder Schwierigkeiten gehabt hatte, bis nach León war nichts davon gedrungen. Sollte es welche gegeben haben, war ihr das egal. Eigentlich war mir nicht klar, wozu wir den Mörder suchten. Sollten wir ihn finden, würden ihm alle Familienmitglieder gleichermaßen dankbar sein. Es war ziemlich demoralisierend festzustellen, wie wichtig es ist, die Gesetze der Moral, der Familie, der Gesellschaft, der Religion, des Anstands zu befolgen, um von den Mitmenschen auch nur annähernd akzeptiert zu werden. Ich fragte mich, ob es der Mühe wert sei, obwohl mir klar war, dass diese jungen Frauen aus der Calle Ausias March nicht gerade aufgrund philosophischer Erwägungen zu ihrem ehrlosen Beruf gekommen waren.

Jedenfalls hatten sich die Freunde und Familienangehörigen erledigt, sowohl als Tatverdächtige wie auch als mögliche Informationsquellen.

»Fehlt noch die Kleine«, sagte mein Kollege.

»Sie hat keine Familie«, erinnerte ich ihn.

»Ihre Familie war das Waisenhaus. Dort müssen wir Nachforschungen anstellen.«

»Das wird nicht einfach sein.«

»Seit wann schrecken Sie vor etwas Schwierigem zurück?«

»Zurückschrecken kann man das nicht nennen, aber diese ganze Angelegenheit macht mich wütend. Nachdem wir uns mit den sogenannten traditionellen Familien herumgeärgert haben, fehlt uns jetzt nur noch der fürsorgliche Staat.«

»Wir werden es überstehen, schließlich sind wir nicht umsonst die Besten.«

»Sind wir das?«

»Davon war ich immer überzeugt, Inspectora.«

»Dann weiter so, Garzón, bleiben Sie dran.«

Fünf

Das Waisenhaus *Los Hogares Mundet* war bis zu ihrem achtzehnten Lebensjahr das Zuhause der kleinen Pilar Salvat gewesen. Danach hatte sie es gegen das Bordell eingetauscht.

»Wie finden Sie es?«, fragte ich Garzón, als wir vor dem Eingang der bejahrten Institution standen.

»Ich dachte, Waisenhäuser mit diesem Aussehen gibt es nicht mehr.«

»Sie sehen ja, vielleicht ist es gar nicht schlecht, an einem Ort mit Tradition aufgewachsen zu sein.«

Die Heimleiterin empfing uns mit gewissem Vorbehalt; es war unübersehbar, dass sie es nicht gerne sah, wenn die Polizei nach ihren Zöglingen fragte. Als sie erfuhr, dass die Person, für die wir uns interessierten, schon lange ausgezogen war, beruhigte sie sich. Und als wir ihr sagten, dass es sich nicht um eine Verdächtige handelte, sondern um ein Opfer, zeigte sie sich gar hilfsbereit. Trotz ihres guten Willens beeilte sie sich uns zu versichern, dass wir nur schwerlich Informationen über Pilar erhalten würden. Von dem Heimpersonal, das vor zwanzig Jahren hier gearbeitet hatte, sei niemand mehr da. Einige waren in Rente gegangen, andere waren versetzt worden oder hatten den Beruf gewechselt.

»Außerdem muss ich Ihnen gleich zu Beginn sagen, dass das Waisenhaus vor zwanzig Jahren ganz anders organisiert war. Damals richtete sich der Ablauf nach etwas ... wie soll ich sagen ... veralteten Vorschriften, eher aus dem 19. Jahrhundert.«

»Zum Beispiel?«, fragte der Subinspector.

»Na ja, es war alles eher eine Massenabfertigung, es wurde wenig dokumentiert und war nicht ganz legal, wenn Sie mir erlauben, es so auszudrücken.«

»Jeder konnte mit einem Baby herkommen und es abgeben? Oder wurden sie wie Moses im Körbchen gefunden?«

Die Frau sah meinen Kollegen ziemlich überrascht und ein wenig neugierig an:

»Wenn Sie es so frei auslegen wollen ... nein, ganz so war es nicht. Jeder Säugling wurde registriert, und man wusste, wer die Eltern waren, man notierte auch ihre Namen und Adressen. Obwohl ich Ihnen versichere, dass es häufig falsche Angaben waren, die nichts nützten. Heutzutage wird das viel besser kontrolliert. Außerdem kommen die Kinder heute nach einiger Zeit in Pflegefamilien, damit ihr Aufenthalt im Waisenhaus nicht zu lange währt, und ...«

Unser matter Blick musste ihr zu verstehen gegeben haben, dass uns der soziale Aspekt nicht so sehr interessierte, denn sie hielt inne, was ich zu der Frage nutzte:

»Können wir die Akte von Pilar Salvat einsehen?«

»Selbstverständlich. Dazu müssen wir runter ins Archiv gehen, denn damals hatten wir noch keine Computer. Wenn wir ein bisschen Zeit haben, wollen wir auch die alten Daten in den Computer eingeben, aber wer weiß, wann das sein wird. Zeit ist in diesem Haus knapp. Geht es Ihnen nicht ebenso?«

»Ganz genauso«, antwortete ich lustlos.

Sie führte uns durch unendliche Flure, die zwar renoviert waren, aber die Furcht einflößende Kälte alter Waisenhäuser ausstrahlten.

Im Archiv hatte sich bisher niemand um eine Modernisierung bemüht. Die Feuchtigkeit vieler Jahre hing in der Luft und machte sie dicht und stickig. Ich betrachtete die vergilbten Akten, in denen die Geschichten so vieler elternloser Kinder ruhten. Umfassendes Material, das von Anonymität, von Armut und möglicherweise von Schmerz erzählte.

Die Leiterin hatte ihre Brille vorn auf die Nase gesetzt, die sie angeekelt kräuselte, als sie das vergilbte, von Hand beschriebene Papier anfasste. So rückständig war man vor kaum zwanzig Jahren gewesen? Ich unterstellte, dass unsere Fortschrittlichkeit im wohltätigen und sozialen Bereich immer zuletzt ankam. Das ist ein Zeichen der Zeit, oder vielleicht war es zu allen Zeiten so.

»Hier ist sie«, sagte die Heimleiterin und zog eine Akte hervor.

»Sie wurde im Sommer 1979 aufgenommen, am siebten August. Sie ist die Tochter von Agustina Ferreiro, vierzig Jahre alt und aus Lugo stammend. Ihre Adresse lautet: Calle de Perot lo Lladre, Nummer 12, 3. Stock. Sie hat sie persönlich hergebracht, aber nie besucht. Doch sie hat jeden Monat dreißigtausend Peseten für sie auf das Konto von *Hogares Mundet* eingezahlt.

Pilar hat das Haus mit einem Arbeitsvertrag der Firma *Bordadoras Reunidas* vor drei Jahren verlassen. Das ist alles.«

»Wie ging der Zahlungseingang vonstatten?«

»Als Banküberweisung.«

»Von welcher Bank?«

»Von der *Caixa*.«

»Steht da nichts weiter?«

»Nein.«

»Als Zusammenfassung einer Kindheit ist das ja nicht viel.«

»Ich habe es Ihnen ja gesagt. Heutzutage notiert man sogar, wann das Kind Mumps hatte. Es ist alles sehr viel menschlicher geworden. Mittlerweile fühlen sich die Kinder viel wohler bei uns.«

Als wir den großen Garten durchquerten, fragte ich Garzón:

»Glauben Sie, das stimmt?«

»Dass sie monatlich dreißigtausend Peseten erhalten haben?«

»Nein, dass die Waisenkinder hier jetzt glücklich sind.«

»Ich weiß nicht, sind Sie glücklich?«

»Manchmal ja, manchmal nein.«

»Dann wird es denen genauso gehen, glauben Sie nicht? Oder sind Waisenkinder aus anderem Holz geschnitzt?«

Die Fähigkeit des Subinspectors, einen sofort wieder auf den Boden der Tatsachen zurückzuholen, war wirklich einzigartig. Und höchstwahrscheinlich hatte er recht, niemand kann wissen, wo das Glück wohnt, auch nicht, wie intensiv es ist. Darüber hinaus hatten wir Besseres zu tun. Wie sollte man mit diesen spärlichen Hinweisen die Vergangenheit eines Mädchens aufrollen? Mein Kollege reagierte auf diese Frage, als hätte er meine Gedanken gelesen:

»Wir gehen zu der Wohnanschrift dieser Frau, und wenn wir sie nicht antreffen, müssen wir zur Bank.«

»Ja, aber all das wirft Fragen auf, nicht wahr? Zum Beispiel, dass sie mit einem Vertrag von *Bordadoras Reunidas* gegangen ist, warum hat Agripina sie dort weggeholt? Davon hat sie uns nichts erzählt. Sie sagte, sie habe sie danach aufgenommen. Und das Alter der Mutter – vierzig Jahre – ist in solchen Fällen auch nicht üblich. Das Mädchen ist also nicht das Ergebnis eines jugendlichen Fehltritts, nach dem eine Kurzschlusshandlung normal wäre.«

»Einverstanden, aber das ist unbedeutend. Es kann sich um eine Frau mit wenig Geld und vielen Kindern handeln, auch um eine Prostituierte, die sich nicht um das Kind kümmern konnte.«

»Und die dreißigtausend Peseten jeden Monat?«

»Sie hatte ein schlechtes Gewissen.«

»In diesem Fall können Sie die kinderreiche, arme Frau ausschließen. Wenn sie genug hatte, um ihr Geld zu schicken, dann hätte sie sie nicht weggegeben.«

»Ich weiß nicht, Petra, das menschliche Herz ist unergründlich.«

»Sie sind heute ziemlich philosophisch und sehr biblisch. Mir hat Ihre Anspielung auf Moses sehr gefallen, und, nach ihrem Gesichtsausdruck zu urteilen, der Leiterin auch. Zumindest haben Sie sie überrascht.«

»Da bringe ich einmal ein kultiviertes Zitat – und Sie machen sich über mich lustig.«

»Tue ich gar nicht, das war sehr gut. Es könnte sogar als Werbespot dienen: ›Würde Moses wieder ausgesetzt, käme er zu *Los Hogares Mundet*‹.«

Mit skeptischer Miene ließ er den Wagen an. Er fand mich unmöglich, obwohl es ihm im Grunde gefiel, wenn ich mich ein wenig mit ihm anlegte. Jedenfalls in dem Maße, um nicht in Langeweile zu verfallen, die jedes Paar heimsucht, ob es sich nun um ein fürs ganze Leben gebundenes Ehepaar oder um ein schlichtes Polizistenduo handelt.

Wie zu erwarten gewesen war, wohnte unter der Adresse aus der Akte keine Agustina Ferreiro, und niemand hatte den Namen je gehört. Wir mussten also in die Bankfiliale der *Caixa*, von der sie das Geld angewiesen hatte, und den Widerstand des Bankdirektors brechen, um ihre aktuelle Adresse zu erhalten. Erst bei dem Wort Mord ließ er von seinem Beharren auf das Bankgeheimnis ab.

Die Rabenmutter, die wir suchten, wohnte in der Calle Progrés – Fortschritt. Als er die Fassade sah, meinte Garzón:

»Es sieht nicht so aus, als hätte der Straßenname auch nur den geringsten Einfluss auf diese Señora gehabt. Das frühere Haus war neuer.«

Dieser Satz passte auch auf die übrigen Umstände. Ich weiß nicht, wie Agustina Ferreiro früher ausgesehen hatte, aber der Zustand, in dem wir sie vorfanden, schien keine Besserung zu versprechen. Alt und zerlumpt, schmutzig und nach Alkohol stinkend ließ sie uns ihre erbärmliche Wohnung betreten mit einem Ausdruck, als habe sie noch nie ein menschliches Wesen gesehen.

»Was wollen Sie?«

»Mit Ihnen reden, wir sind von der Polizei.«

»Gut, kommen Sie rein, Sie werden sehen, ich habe nichts zu verbergen, weder vor der Polizei noch vor sonst jemandem. Falls es nicht diese blöden Nachbarn waren, die sich wieder über den Geruch aus meiner Wohnung beschwert haben. Aber das ist mir egal, ich lebe, wie es mir gefällt, und in dem Geruch, wie ich ihn mag.«

Es wunderte nicht, dass es Beschwerden gegeben hatte, diese Wohnung stank erbärmlich. Überall lagen schmutzige Wäsche und Essensreste herum, aber noch größer war die Zahl der leeren Billigwein- und Schnapsflaschen. Und nachdem wir eine Weile mit Agustina gesprochen hatten, begriffen wir, dass sie ziemlich betrunken war.

»Sie wissen bestimmt schon, dass Ihre Tochter ermordet wurde.«

»Meine Tochter? Welche Tochter? Ich habe keine Tochter.«

»Ihre Tochter Pilar Salvat.«

»Ach so, diese Tochter! Sie wurde ermordet? Man kann schon nicht mehr allein auf die Straße gehen, ganz Barcelona ist voller Diebe und jetzt auch voller Mörder.«

»Ihre Tochter ging in einer Wohnung in der Calle Ausias March der Prostitution nach, es wurden noch drei weitere Kolleginnen von ihr ermordet.«

»Na schön, und warum erzählen Sie mir das? Ich habe getan, was ich tun musste. Ich habe immer bis auf den letzten Cent bezahlt, alles andere geht mich nichts mehr an.«

Garzón warf mir einen verblüfften Blick zu. Er beugte sich zu der Frau hinüber, überwand seinen Abscheu und ergriff sie am Arm:

»Aber sie war Ihre Tochter, oder?«

»Was weiß denn ich, ich vermute ja. Das ist schon so lange her, ich erinnere mich nicht mehr.«

»Wie, Sie erinnern sich nicht mehr?«

»He, lassen Sie mich los! Sie war meine Tochter, ja und?«

Ich ahnte, dass wir mit dem, was der Subinspector die Stimme des Blutes nannte, nicht weiterkämen. Ich versuchte es direkter.

»Wie haben Sie dieses Kind bekommen?«

Mit einem Mund voller gelber Zähne und dunkler Zahnlücken schenkte sie mir ein grauenhaftes Säuferlächeln.

»Na, beim Vögeln, wie alle Welt Kinder kriegt.«

Garzón stürzte sich wie ein Leopard auf sie.

»Jetzt reicht's mit dem Blödsinn! Sagen Sie uns, wer der Vater ist und in welchem Krankenhaus das Mädchen geboren wurde.«

»Ich weiß nicht, wer der Vater ist. Wenn ich es gewusst hätte, hätte ich es ihm aufgehalst, und das Kind ist in keinem Krankenhaus geboren, sondern zu Hause.«

»Welcher Arzt hat Ihnen bei der Geburt geholfen?«

»Kein Arzt! Ein paar Freundinnen haben mir geholfen, früher hat man das so gemacht.«

»Warum haben Sie all diese Jahre Geld geschickt?«

»Das war meine Pflicht.«

»Wie haben Sie erfahren, dass sie das Waisenhaus *Hogares Mundet* verlassen hat?«

»Ich bekam einen Brief.«

»An diese Adresse?«

»Nein, an die frühere. Ich wohne erst seit kurzem hier.«

»Kennen Sie die Frau, die Ihrer Tochter Arbeit gegeben hat?«

»Nein.«

»Haben Sie schon einmal von *Bordadoras Reunidas* gehört?«

»Nein. Hören Sie, warum lassen Sie mich nicht in Ruhe? Ich bin eine arme und kranke Frau, ich bin sechzig Jahre alt und lebe von der Rente. Gehen Sie doch Ihre Mörder oder Diebe woanders suchen. Los, Sie finden bestimmt eine ganze Menge.«

»Sie werden eine Vorladung ins Kommissariat erhalten. Und ich empfehle Ihnen, an dem Tag nichts zu trinken, verstanden?«

Sie bewegte den Kopf wie ein Elefant im Zirkus von rechts nach links. Angeekelt und sogar etwas mitleidig angesichts dieses Elends zogen wir von dannen.

Sechs

Nach dieser grässlichen Befragung rief ich aus:

»Ich möchte den weisen Salomon unter solchen Umständen sehen! Der wird der entehrte Leichnam ihrer Tochter gebracht, und sie macht einen Aufstand, weil man ihren Boden mit Blut beschmiert hat!«

Garzón lachte leise vor sich hin. Dann brachte er ernst hervor:

»Gott bewahre uns vor der Menschheit, Petra! Jedes Tier, jedes, von der Katze bis zur Hirschkuh, zeigt ein natürlicheres Verhalten als Mutter.«

»Nur männliche Tiere zeigen sich so unsensibel wie diese Alte.«

Er lachte wieder.

»Sie erwarten bestimmt, dass ich jetzt darauf einsteige, nicht wahr?«

»Nun ja, ich provoziere Sie ja nicht umsonst.«

»Diesmal werden Sie in die Röhre gucken, Petra. Was halten Sie von einem Bierchen in dieser Bar, statt uns in sinnlose Polemik zu verstricken?«

»Kommt nicht infrage. Wir müssen Agripina noch einmal befragen.«

»Hab ich mir schon gedacht, und was werden wir sie fragen?«

»Wir werden sie fragen, warum sie uns nicht erzählt hat, dass sie Pilar Salvat ganz legal eingestellt hat, damit sie aus dem Waisenhaus *Hogares Mundet* herauskommt.«

»Na ja, ich glaube, in Anbetracht dieser Fragestellung sollte das Bierchen noch warten.«

Agripina zeigte uns ein Pokerface, als wir besagte Frage stellten. Dann machte sie plötzlich einen auf Komödie und gestand das, was sie uns angeblich bis jetzt verschwiegen hatte:

»Die Mutter dieses Mädchens hat mich gebeten, sie bei mir aufzunehmen, damit sie aus dem Waisenhaus herauskommt.«

»Kennen Sie Agustina Ferreiro?«

»Ja, die arme Frau. Sie hat sich nie selbst um das Kind gekümmert, aber dann peinigten sie Gewissensbisse. Sie hat mich darum gebeten, und ich habe es gemacht.«

»Hat sie Sie dafür bezahlt?«

»Nein.«

»Aber Sie wussten schon, wie Sie Profit aus der Sache schlagen konnten, wenn Sie das Mädchen unter Ihre Fittiche nehmen.«

»Halt mal! Pilar lebte ein Jahr in diesem Haus und hat nichts anderes getan als zu essen und zu schlafen. Danach hat sie selbst darum gebeten, die Freier bedienen zu dürfen. Ich habe nichts damit zu tun.«

»Ist Ihnen klar, dass wir Sie der Verführung Minderjähriger anzeigen könnten?«

»Tun Sie, was Sie tun müssen. Inzwischen interessiert mich das alles nur noch wenig.«

Mehr war aus ihr nicht herauszubekommen. Diese maßlose Schmierenkomödie begann sich langsam in ein Geduldsspiel zu verwandeln. Sowohl Garzón als auch ich waren davon überzeugt, dass hier die Lösung für das Verbrechen zu finden war: Entweder hatte Agustina Ferreiro beschlossen, sich dieses Kind, das ihr Gewissen belastete, endgültig vom Hals zu schaffen, oder Agripina hatte möglicherweise Geld für ihren Unterhalt verlangt, oder ... Die Aussicht, erneut dieses stinkende Wesen von Ferreiro zu befragen, erfreute uns nicht gerade, aber wir kamen nicht drum herum, vielleicht führte uns das zu des Rätsels Lösung.

Das Glück war nicht auf unserer Seite. Agustina Ferreiro war sturztrunken, als wir bei ihr eintrafen. Sie öffnete die Tür, wankte drei Schritte zurück und fiel auf das Sofa. Ich war etwas irritiert, aber Garzón blieb ungerührt. Er lief in die Küche, suchte in dem übel riechenden Haufen aus schmutzigem Geschirr ein Glas, füllte es mit Wasser und schüttete es der Frau ins Gesicht. Sie schreckte hoch, fluchte, richtete sich etwas auf und rief ohne Anzeichen, uns erkannt zu haben:

»Was wollt ihr denn, verflucht noch mal?«

Garzón brüllte wutentbrannt:

»Du hast deine Tochter umgebracht, stimmt's? Du wärst sie nie losgeworden und hast beschlossen, sie aus deinem Gewissen und der Welt zu verbannen. Wer hat dir dabei geholfen?«

»Ach, scher dich zum Teufel!« Damit hatte die Alte den vorbildlichen Angriff des Subinspectors zunichte gemacht.

»Antworte mir!«

Die Frau öffnete die Augen, wand sich in ihrer unbequemen Haltung, starrte mich an und sagte:

»Agripina hat sie umgebracht, sie hatte ihre Gründe. Fragt sie doch, ich bin fest davon überzeugt.«

Daraufhin fiel sie in einen tiefen Säuferschlaf, aus dem wir sie nicht mehr wecken konnten.

»Sie wird verhaftet«, befahl ich. »Und wenn sie auf einer Bahre rausgetragen werden muss.«

Garzón und ich sahen uns an.

»Sollen wir das jetzt schlucken, Inspectora?«

»Keine Ahnung, aber wir müssen sicherstellen, dass der Fisch, den wir jetzt am Haken haben, uns nicht entwischt.«

»Verhaften wir die andere auch?

»Natürlich. Wenn die Galicierin ihren Rausch ausgeschlafen hat, machen wir eine Gegenüberstellung.«

»Ich glaube, wir sind auf dem richtigen Weg. Oder glauben Sie noch immer, dass der Exmann von Lola Buendía der Mörder ist?«

»Das wäre mir lieber gewesen. Wenn wir schon in schlechten Familienserien mitspielen müssen, ziehe ich den Ehegattenmord vor, obwohl mich die Sache mit der fundamentalistischen Katholikin auch sehr gereizt hätte.«

»Sie sind unglaublich, Inspectora. Genehmigen wir uns jetzt das Bierchen?«

»Haben Sie etwa keine Lehre aus den schädlichen Folgen des Alkoholkonsums gezogen? Arbeiten wir weiter, Garzón, zum Versumpfen bleibt uns noch genug Zeit.«

»Dieses trockene Gesetz gefährdet unsere Moral wohl kaum, beruhigen Sie sich.«

Die Strategie, die wir bei der alten Madame anwandten, lautete: unter Druck setzen. Als wir sie der abgehalfterten Säuferin gegenüberstellten, fiel Agripina in sich zusammen wie eine ausgepresste Zitrone, ohne Saft in den Adern. Ich gebe zu, dass Einschüchterung von Verdächtigen nicht gerade meine Spezialität ist, also überließ ich diese Rolle großzügig dem Subinspector, der sich in Sachen Druck als perfekte Saftpresse erwies.

Als Erstes luden wir sie ins Kommissariat vor, jetzt war Schluss mit höflichen Besuchen in den jeweiligen Domizilen. Dann war alles nur eine Frage des frontalen Angriffs, um ihr klarzumachen, dass wir keinerlei Zweifel an ihrer Schuld hatten. Das bringt immer etwas, so würden wir etwas aus ihr herausbekommen.

Garzón beherrschte die Methode mustergültig. Ich bewunderte seinen Stil des apokalyptischen Predigers in Anspielung auf Quevedo. Keiner im ganzen Polizeikorps beherrschte diese Rolle besser. Er kam gleich zur Sache:

»Sie haben sie ermordet, Agripina. Sie haben Ihre Mädchen ermordet, weil Sie krank im Kopf sind und die Schande nicht länger ertragen konnten. Wir wissen, dass eine der Frauen Ihnen gedroht hat, der Polizei zu sagen, dass Sie sie zu Huren gemacht hätten. Sie waren sich im Klaren darüber, welche Strafe das nach sich zieht, und statt nur eine umzubringen, haben Sie ein Massaker veranstaltet, das die Ermittlungen völlig in die Irre führte, mal ganz abgesehen davon, dass Sie so alle Zeugen ausgeschaltet haben.«

»Nein!«, heulte die Frau.

»Leugnen ist sinnlos. Jemand hat ausgesagt, dass er Ihnen eine Pistole verkauft hat«, log mein Kollege.

»Ich habe Feinde, jeder kann mir etwas anhängen. Aber ich werde Ihnen einen echten Beweis nennen, warum ich es nicht gewesen sein kann. Das perfekte Alibi!«

Sie legte sich eine Hand auf die Brust und seufzte, als müsste sie sich auf etwas Schreckliches vorbereiten.

Sieben

Garzón und ich sahen uns gespannt und hoffnungsvoll an. Vielleicht würde jetzt endlich etwas herauskommen.

»Ich kann diese Mädchen nicht ermordet haben, aus einem einfachen Grund ... aus dem einfachen Grund, weil Pilar Salvat meine Tochter war.«

»Verdammt!«, entfuhr es dem Subinspector aus tiefster Seele.

»Das habe ich schon vermutet«, stellte ich klar. »Werden Sie uns jetzt die ganze Geschichte erzählen, oder müssen wir Sie noch weiter bitten?«

Unter Tränen und Schluchzern erzählte sie die ganze Geschichte:

»Vor über dreißig Jahren bekam ich eine Tochter. Ich war noch sehr jung und völlig unbedarft. Ich habe sie ins Waisenhaus gegeben und nichts mehr von ihr gehört – nie, aber meine Gewissensbisse haben mich nicht in Ruhe leben lassen. Als ich acht Jahre später wieder schwanger wurde, glaubte ich, sterben zu müssen. Pilar wurde geboren. Ich konnte mich nicht um sie kümmern, nicht unter meinen Lebensumständen. Da beschloss ich, sie ins Waisenhaus *Hogares Mundet* zu bringen. Aber diesmal machte ich es richtig. Ich bat meine damalige Freundin Agustina Ferreiro, sie als ihre Tochter auszugeben. Ich wollte nicht, dass jemand auch nur ahnte, dass ich die Mutter bin. Ich habe ihr jeden Monat regelmäßig dreißigtausend Peseten überwiesen. Dann habe ich sie eingestellt, damit sie dort rauskam. Ich hatte sie endlich zu Hause, ich genoss es, denn sie war so lieb!«

»Und Sie haben das Mädchen dazu gebracht, Ihnen den Gefallen damit zu bezahlen, indem sie als Hure für Sie arbeitete.«

»Das stimmt nicht! Als sie herkam, hat sie nur kleine Botengänge ausgeführt. Später war es ihre eigene Entscheidung, ins Geschäft einzusteigen, und ich konnte es ihr schlecht verbieten. Das war nicht so schlimm für mich!«

»Haben Sie Pilar irgendwann gesagt, dass Sie ihre Mutter sind?«

»Niemals! Sie hätte mich bestimmt gehasst, und das hätte ich nicht ertragen.«

»Warum haben Sie sie mit dem Familiennamen Salvat eintragen lassen?«

»Das war der Name des Verlags, der Handarbeitsheftchen für Stickereien herausbrachte, die ich gesammelt habe. Und damit Sie sehen, dass ich die Wahrheit sage, werde ich auch gestehen, dass ich nie eine Stickerei hatte, aber es hätte mir gefallen, das schon. Finden Sie den Mörder, finden Sie ihn, ich will Gerechtigkeit! Ach, mein Täubchen!«

Der Rest war Wehklagen und Schmerzensgeschrei, dessen Lautstärkepegel wir schon kannten. Nichts, was noch verständlich gewesen wäre. Es brachte nichts, sie nach dem Vater zu fragen oder ob es zu jener Zeit andere Konflikte mit Familienangehörigen gegeben hatte. Diese in Tränen aufgelöste Kupplerin dachte nicht daran, von ihrer Version abzuweichen.

Als Agustina Ferreiro ihren Rausch ausgeschlafen hatte, bestätigte sie die Geschichte mit dem Mädchen Punkt für Punkt. Toll, alle Puzzleteile passten sehr gut zusammen und hätten einem guten Schriftsteller viel Stoff geboten. Doch wir traten auf der Stelle. Wer hatte die vier Prostituierten der Calle Ausias March ermordet? Mal abgesehen vom Mutter-Tochter-Drama gab es weder Motive noch Verdächtige.

Comisario Coronas wurde fuchsteufelswild, als wir ihm erzählten, an welchem Punkt die Ermittlungen ins Stocken geraten waren.

»Verdammt, Herrschaften! Und wie stehe ich jetzt vor der Presse da, die mich in dieser Tränendrüsen-Soap bedrängt?«

»Mensch, Comisario, uns ist klar, dass ein Verbrechen mit Designerdrogen im Stile New Yorks besser wäre, aber die Kriminalität in diesem Land ist eben, wie sie ist.«

»Stimmt, aber wie dem auch sei, wir haben keinen Täter.«

»Wir haben uns eine Strategie ausgedacht, die wir anwenden wollen. Beruhigen Sie sich, in ein paar Tagen ist der Fall gelöst.«

»Man merkt wirklich, dass Sie sich nicht mit Presseleuten herumschlagen müssen!«

»Die Geschichte wird denen Futter für mehrere Tage liefern. Keine Sorge, die werden uns schon in Ruhe lassen.«

So war es keineswegs. Alle Schlagzeilen lauteten fast unisono: »Polizei unfähig, das letzte Geheimnis des billigen, gewalttätigen Familiendramas zu lüften.« Im Übrigen ließen sie sich genussvoll über Einzelheiten der Mutterschaft und des Aussetzens unerwünschter Kinder aus.

Zum Schluss folgten Statistiken, die wachsende Zahl von Kindern, die heutzutage von ihren Eltern in Spezialeinrichtungen abgeschoben werden, und so weiter und so weiter. Der Druck wurde immer größer.

»Immerhin haben sie damit ihren Reibach gemacht.«

»Das war zu erwarten. Für die ist das die ideale Situation: Köder für die Leserschaft und Schläge für die Bullen. Was meinten Sie mit unserer ›Strategie‹, die wir im Kühlfach haben, Petra?«

»Mit fällt keine andere Strategie ein, als uns zum Nachdenken zurückzuziehen, Fermín.«

»Ja, und die Tür zu verbarrikadieren, damit sie uns nicht verprügeln.«

»Sie kümmern sich darum, die Schläge zu parieren.«

Mein Haus war der ideale Ort, um sich in Klausur zu begeben. Ich bereitete uns ein einfaches Abendbrot und viel Kaffee zu. Kein Alkohol, Ablenkungen waren verboten. Garzón brachte die schriftlichen Berichte mit, wir aßen einen Happen und begannen mit der Arbeit.

»Hören Sie mal, Petra. Was ist, wenn wir uns immer nur um die Familientragödie kümmern und es in Wirklichkeit um Drogen und Geld geht, wie wir am Anfang vermuteten?«

»Das kann nicht sein, Fermín, wir haben alle Freunde und Familienangehörigen befragt, immer mit dem gleichen Ergebnis: Die Mädchen waren sauber. Außerdem gibt der Fall nicht genug für ein Verbrechen aus Habsucht her. Des Pudels Kern ist in diesem Familiendrama zu suchen, dessen bin ich mir sicher.«

»Keine dieser beiden Alten, die wir verdächtigt haben, hat die Mädchen umgelegt, das ist offensichtlich.«

»Dann müssen wir andere Subjekte in Betracht ziehen. Zum Beispiel den Vater von Pilar Salvat.«

»Den Vater, den Vater, vielleicht.«

»Oder den Mann von Agustina Ferreiro.«

»Die Ferreiro hat keinen Mann. Außerdem, warum sollte ein hypothetischer Ehemann Frauen umbringen, die er nicht einmal kannte?«

»Dann wird es die Großmutter des Mädchens, ihr Onkel oder sonst ein Verwandter gewesen sein ...«

Ein Geistesblitz hinderte mich daran weiterzudenken. Plötzlich sprang ich wie von der Tarantel gestochen hoch, aufgepeitscht von einem drängenden Impuls. Ich lief wortlos zur Haustür, schnappte meinen Mantel und gab Garzón, der mich verblüfft ansah, den seinen.

»Garzón, sie ist zehn Jahre älter, ich glaube, fast mit absoluter Sicherheit ...«

»Wovon reden Sie, verdammt noch mal?«

»Fahren wir, schnell.«

»Und die Schnittchen?«

»Vergessen Sie die Schnittchen!«

»Aber was ist denn los?«

»Das erzähle ich Ihnen unterwegs. Und fahren Sie bitte. Ich bin zu aufgeregt zum Fahren.«

Wir klingelten mehrmals, ohne eine Antwort zu erhalten, dennoch waren aus der Wohnung Geräusche zu hören und ein Lichtschein zu sehen.

»Wie kommen wir rein, Subinspector?«

»Ich kann die Tür aufschießen.«

»Dann mal los, wir haben keine Zeit zu verlieren.«

Ich hielt mir mit beiden Händen die Ohren zu, und auch so ließen die Schüsse noch mein Trommelfell erbeben. Die Tür schwang auf, und wir stürmten in die Wohnung.

Aurora Fernández hockte mitten in ihrem winzigen Wohnzimmer in einer Pfütze aus Erbrochenem, die nach Whisky stank. In der Hand auf ihrem Schoß hielt sie eine Beretta mit Schalldämpfer. Garzón stürzte auf sie zu und entriss ihr die Pistole, was aber gar nicht nötig gewesen wäre. Sie leistete keinen Widerstand. Sie sah uns nur an, als kämen wir von einem anderen Planeten. Sie war kreidebleich, und ihre roten Augen bewiesen, dass sie lange geweint hatte. Meine Eingebung erwies sich als richtig.

»Ach, Sie sind's. Es ist gar nicht einfach, sich umzubringen, wissen Sie? Nicht einmal, wenn man sich vorher betrinkt.«

»Ist es einfacher, auf andere zu schießen?«

Mit dünner, zittriger Kinderstimme antwortete sie:

»Ja.«

Ich half ihr aufzustehen und zog sie von der stinkenden Pfütze weg. Wir setzten uns an einen kleinen Beistelltisch am Fenster.

»Sie sind auch eine Tochter von Agripina, nicht wahr, Aurora?«

Sie brach in ein Heulen aus, das einem die Haare zu Berge stehen ließ.

»Ich wusste nicht, dass dieses Mädchen meine Schwester ist, ich wusste es nicht, ich schwöre, ich wusste es nicht! Oh mein Gott, ist das grauenhaft!«

»Aber warum? Sagen Sie es mir, warum haben Sie sie umgebracht?«

Sie fasste sich ein bisschen, obwohl sie weiterredete, als befände sie sich in einem Trancezustand.

»Sie hat mich verlassen, sie hat mich weggeworfen, mich verachtet. Eine Frau vom Waisenhaus hat mir eines Tages gesagt, wer meine Mutter ist, und dazu noch eine Hure, verdammt, eine Hure! Nur eine Hure verlässt ihre Tochter. Ich habe mir geschworen, dass ich sie eines Tages umbringen würde. Ich habe alles genau geplant. Ich habe herausgefunden, wo sie wohnt. Ich habe sechs Monate lang als Hure bei ihr gearbeitet. Ich habe einem Typen die Pistole abgekauft. Ich wusste, dass sich die Mädchen nach der Arbeit immer noch zusammensetzten. Ich ging in meine Wohnung, um die Pistole zu holen, es wäre zu gefährlich gewesen, sie in Agripinas Wohnung mitzunehmen, die Mädchen haben immer überall herumgeschnüffelt, in den Taschen gewühlt, mein Make-up benutzt. Für den Fall, dass etwas schiefgehen würde, habe ich das Radio eingeschaltet, so würde die Nachbarin aussagen, dass sie mich gehört hätte. Ich ging zurück, klingelte, sagte den Mädchen, dass ich es mir anders überlegt hätte, dass ich gerne engeren Kontakt zu ihnen hätte und deshalb zurückgekommen wäre. So vergewisserte ich mich, dass sie aussagen würden, wir wären zusammen gewesen. Niemand hätte geahnt, dass ich die Alte umgebracht habe, wenn sie sie am Morgen gefunden hätten. Ich sagte, ich müsse zur Toilette. Ich betrat Agripinas Zimmer, schraubte den Schalldämpfer auf und war bereit, sie für immer aus dem Weg zu räumen… Aber ich konnte es nicht, ich konnte nicht abdrücken, ich war unfähig, es zu tun. All diese Jahre hatte ich auf diesem Augenblick gewartet, und dann hatte ich nicht die Kraft! Wutentbrannt verließ ich das Zimmer. Da lief mir diese dämliche Manuela Galván über den Weg und meinte, ich solle ins Wohnzimmer kommen. Sie fingen mit ihren vulgären Scherzen an, Hurenwitze. Ich hatte mich selbst in eine von ihnen verwandelt, und alles für nichts. Plötzlich fand ich das alles unerträglich. Hurentochter, einsam und immer lästig, und jetzt lebte ich unter Huren, für immer und ewig. Ich weiß nicht, was in mich gefahren ist, aber mein Blick verdüsterte sich, ich zog die Pistole aus der Tasche und begann abzudrücken. Mein Gott, … und dieses Mädchen war meine Schwester, ein Wesen wie ich, unschuldig und abgeschoben! Wie hätte ich das ahnen können?«

Sie brach in lautes Schluchzen aus. Ich machte Garzón ein Zeichen mit dem Kopf. Er ging auf die Frau zu, streifte seinen Mantel ab und legte ihn ihr über die Schultern. Dann half er ihr aufzustehen. Ich ging inzwischen den Wagen holen, und wir fuhren ins Kommissariat. Von dort rief ich einen unserer Psychologen an, damit er sich um sie kümmerte. Ich fand, das war nötig.

Schlussendlich bekam jeder auf dieser Welt seinen Anteil an der Beute. Die Reporter ergötzten sich nach Herzenslust an der obszönen Nachricht. Der Comisario stand in der Öffentlichkeit gut da, und wir hatten den Fall gelöst. Alle glücklich! Alle? Nun ja, ich weiß es nicht aus erster Hand, aber mir wurde erzählt, dass sich die beklagenswerte Agripina, eine Menschenfresserin wie sie im Buch steht, aufführte wie eine wütende Hydra, als sie von der kleinen griechischen Tragödie erfuhr, die auf ihre Kosten aufgeführt worden war. »Blut von meinem Blute!«, schrie sie in ihrer melodramatischen Art. Als wäre das mit dem Blut und der Blutsverwandtschaft, der Mutterschaft, dem Tochterdasein und weiteren blutfarbstofflichen Verbindungen nicht schon mystifiziert genug.

»Finden Sie nicht auch, Fermín?«

»Was soll ich Ihnen sagen, Inspectora? Eine Mutter ist eine Mutter.«

»Und zwei Mütter sind zwei Mütter, auch so noch.«

»Im Augenblick interessieren mich andere Flüssigkeiten mehr als Blut.«

»Bier zum Beispiel?«

»Richtig geraten.«

Und da uns nichts Besseres einfiel, um den bitteren Nachgeschmack zu vertreiben, den dieser schreckliche Fall uns im Mund hinterlassen hatte, beschlossen wir, ihn mit einem guten kühlen Bier wegzuspülen. So würden wir ihn weniger schmecken, oder zumindest wüsste man dann nicht mehr, ob der Geschmack dem Fall oder dem Bier zu verdanken war.

Mord am Gymnasium

Es wäre mir wohl nicht so zu Herzen gegangen, wenn es ein Mathematiklehrer gewesen wäre. Oder ein Naturwissenschaftslehrer, sogar ein Englischlehrer. Aber ein Lateinlehrer … beim Anblick seines gespaltenen Schädels, des blutvermischten Speichels und der glasigen Augen schoss mir durch den Kopf, dass dieser Tote die westliche Kultur noch ein wenig ärmer machte.

Während mein Mitarbeiter, Subinspector Garzón, mit der Schulleiterin plauderte, konnte ich meinen Blick nicht von der Leiche des Studienrats abwenden, der nie wieder das Verb *esse* konjugieren würde. Er war beleibt und rotwangig gewesen und hatte kurz vor der Pensionierung gestanden, und jetzt hatte ihm jemand mit einem schweren, scharfkantigen Gegenstand einen tödlichen Schlag versetzt, der ihm das Scheitelbein zertrümmert hatte.

Mortus, dachte ich, ein ebenso brutaler wie lächerlicher Geistesblitz. *Sic transit gloria mundi*, mit einem Relikt aus meiner Schulzeit beendete ich den Gedankengang.

Was mich empörte und was diesen neuen Fall eigentlich so besonders und völlig ungewöhnlich machte, war die Tatsache, dass wir den Mörder im Grunde genommen bereits kannten. Ja, ich meine es ernst: Wir stürzten uns diesmal in kein Abenteuer, bei dem wir jeden Pflasterstein umdrehen mussten, um den Täter zu finden. Er war zwar noch nicht überführt, aber im Bewusstsein, beobachtet, befragt und zermalmt zu werden, gab es sechsundzwanzig Verdächtige, unter denen sich zweifelsohne der Mörder befand.

Mit anderen Worten: An diesem Morgen hatte der Lateinlehrer Juan Montano wie immer das Klassenzimmer der 2c betreten, um seinen Unterricht abzuhalten. Wie der Gerichtsmediziner feststellte, hatte ihn eine Person von größerer Statur oder auf einem Stuhl stehend angegriffen und ihn vor der ganzen Klasse getötet. Er war Punkt elf Uhr gestorben und hatte damit seinen Stundenplan pünktlich eingehalten. Die Ursache? Ein Schlag mit einem schweren, scharfkantigen Gegenstand, der ihn an der Schläfe traf, was mit Sicherheit zu seinem Tod geführt hatte. Unmittelbar danach: absolute Stille. Niemand hatte das Klassenzimmer verlassen oder betreten. Niemand hatte etwas gesehen. Ein hinterhältiger Mörder und fünfundzwanzig schweigende Zeugen. Die Direktorin hatte verfügt, die ganze Klasse in die Aula des Gymnasiums zu sperren. Kurz darauf ordnete auch der Untersuchungsrichter vorbeugende kurzzeitige Haft für alle an. Ich stellte ein paar Streifenpolizisten vor die Tür. Und dort standen sie, während wir erste Maßnahmen einleiteten. Wie uns die Direktorin erklärte, weigerten sich die jungen Leute, auch nur ein einziges Wort zu sagen, ganz nach dem Vorbild von Lope de Vegas »Fuenteovejuna« *sui generis* – noch ein bisschen Latein fällt mir ein.

Subinspector Garzón nahm die Personalien der sechsundzwanzig fünfzehnjährigen Schüler auf. Drei Polizisten suchten vier Stunden lang eng sitzende Jeans, mit ökologischen Motiven bedruckte T-Shirts und Rucksäcke voller Bücher und Popmusikzeitschriften nach dem Mordwerkzeug ab. Ohne Erfolg. Die Fenster gingen auf einen kleinen Garten hinaus, der ebenfalls Meter für Meter sorgfältig durchkämmt wurde. Man fand nichts.

Mitten in unserem Verhör ertrug die Direktorin die Anspannung nicht mehr und brach in Tränen aus. »Musste das an meiner Schule passieren?«, verwünschte sie ihr Schicksal. Wir fragten sie, ob der Lehrer bei seinen Schülern beliebt gewesen sei, und sie erklärte ohne zu zögern:

»Kein bisschen. Latein ist ein veraltetes Fach, das in den höheren Jahrgangsstufen kaum noch angeboten wird. Die Schüler wissen das und glauben, dass der Lehrer verpflichtet sei, sie alle bestehen zu lassen.«

»Und?«

»Montano ließ unerbittlich diejenigen durchfallen, die es verdienten. Wir Kollegen haben ihn wiederholt gewarnt: ›Du schneidest in den Popularitätsumfragen extrem schlecht ab, Montano.‹ Er ließ sich jedoch von seiner strengen Art nicht abbringen.«

»Werden denn die Schüler nach ihrer Meinung über die Lehrer befragt?«

»Ja, seit ein paar Jahren gibt es einen entsprechenden Erlass des Erziehungsministeriums.«

Garzón und ich tauschten einen vielsagenden Blick: Wenn man das im Kommissariat einführen würde, wäre das der Hammer.

Wir sprachen mit der Direktorin über diese Mörder *in pectore*, der Gesinnung nach – noch mehr Latein –, und sie erklärte uns durchaus überzeugend, dass es in letzter Zeit keinerlei Streitigkeiten zwischen den Schülern und dem Lateinlehrer gegeben hätte.

Aufgrund der hereinbrechenden Dunkelheit beschloss ich, mit dem Untersuchungsrichter zu verhandeln, bevor er sich verabschiedete, denn er hatte verfügt, dass die Schüler nach Hause geschickt werden sollten, wenn die Ermittlungen weitergediehen seien.

Ich kannte Joaquín García Mouriños gut. Ein Galicier in den Sechzigern voller Klugheit und mit gesundem Menschenverstand, der jedoch kein Blatt vor den Mund nahm und auch ansonsten nicht zimperlich war.

»Was halten Sie davon, Richter?«

»Was soll ich davon halten? Ein typischer Dummejungenstreich mit bösem Ende! Einer dieser Schüler hat sich einen schlechten Scherz erlaubt, der aus dem Ruder gelaufen ist, und die anderen schweigen erschrocken. Bis sie aufhören zu schweigen. Wetten, dass sie beim ersten Verhör alle anfangen, im Chor zu singen?«

»Deshalb müssen wir die Chance hier psychologisch nutzen, wir dürfen sie uns nicht entgehen lassen.«

Mit diesem Tonfall handelte ich mir einen misstrauischen Blick von ihm ein. Er kannte mich ebenfalls gut.

»Petra Delicado, worum wollen Sie mich bitten?«

»Dass Sie mir erlauben, die Klasse die ganze Nacht hierzubehalten.«

Er machte eine Handbewegung, als hätte ich ihn gebeten, den Ministerpräsidenten einzusperren.

»Sind Sie verrückt? Wollen Sie, dass ich gelyncht werde? In ein paar Stunden klingeln die Telefone heiß. Die Eltern werden die Presse informieren, und die wird mir Amtsmissbrauch vorwerfen. Sie wissen doch ganz genau, wie die sich aufführen, wenn es um das Jugendschutzgesetz geht.«

Ich griff in die Trickkiste einer Schauspielerin, die unbedingt die Hauptrolle haben will.

»Untersuchungsrichter, Sie wissen ganz genau, dass wir nie die Wahrheit erfahren werden, wenn Sie diese Schüler jetzt gehen lassen.«

»Vergessen Sie's. Ich habe erlebt, wie die Mütter von grausamen Mördern verlangt haben, dass man ihren Zöglingen vor dem Zubettgehen ein Glas heiße Milch bringt. Was werden Eltern tun, wenn wir ihre behüteten Sprösslinge hier aufgrund von Vermutungen festhalten?«

Er bog federnden Schrittes in den Flur ein, und ich lief ihm hinterher und flehte ihn an wie eine Bettlerin aus einem Entwicklungsland. Ich appellierte an sein Pflichtbewusstsein jenseits der Vorschriften, ich bemühte die eigenwillige Gruppendynamik im schulischen Umfeld, ich führte ganz abstrakt die Justiz an ... ich fiel fast auf die Knie, ohne ihn erweichen zu können. Schließlich wies ich völlig verzweifelt auf den Stellenwert der lateinischen Sprache beim Jurastudium hin. Siehe da, darauf sprang der Untersuchungsrichter García Mouriños an und kapitulierte. Wieder ein Beweis dafür, dass jeder ein Herz hat und man nur wissen muss, womit man es rühren kann.

»Petra Delicado, ich werde Ihre Hartnäckigkeit belohnen, wahrlich eine weibliche Tugend. Ich gebe Ihnen fünf

Stunden, nicht eine Minute länger. Wenn diese Frist um ist, lasse ich die Schüler nach Hause gehen.«

Ich drehte mich auf dem Absatz um, um nur keine Minute dieser kostbaren Zeit zu verschenken. Dann bat ich die Schulleiterin, die Klasse zurück an den Tatort zu bringen. Ich ließ Garzón kommen und betrat zusammen mit ihm das Klassenzimmer.

Beim Anblick all dieser Augen, die angeblich nichts gesehen hatten, begriff ich, wie sich Gladiatoren gefühlt haben mussten, wenn sie in die Arena einliefen. Die Gesichter waren ernst, drückten aber unterschiedliche Emotionen aus. Ich sah Angst, Vorsicht, Rebellion und sogar Trauer und fürchtete, dass mir die Stimme versagen würde.

»Kinder, ich muss euch mitteilen, dass niemand das Klassenzimmer verlässt, bis der Schuldige gefunden ist. Das hat der Untersuchungsrichter so angeordnet.«

Niemand protestierte, ihr kollektives Schuldbewusstsein war unverkennbar.

»Ich übergebe das Wort an meinen Kollegen Subinspector Garzón.«

Garzón fühlte sich überrumpelt und kaschierte seine aufsteigende Panik mit einem heiseren Räuspern. Schließlich gelang es ihm, etwas Verständliches zu formulieren:

»Wir wollen wissen, wer euren Lateinlehrer umgebracht hat. Wenn ihr jetzt die Wahrheit sagt, ohne uns weiterhin Zeit verschwenden zu lassen, ist das für alle besser. Und die Anklage gegen euch wird milder ausfallen. Immerhin seid ihr noch nicht volljährig und müsst keine Gefängnisstrafe fürchten.«

Er hatte sich in diesem Schauspiel also die Rolle des guten Geistes ausgesucht. Einverstanden, dann war es an mir, den *advocatus diaboli* zu spielen. Ich hoffte, dass diese Dummköpfe in ihrer Schulzeit schon einmal irgendein Gerichtsdrama durchgenommen hatten. Ich löste Garzón ab, und meine Stimme klang wie ein Donnern:

»Kinder, es reicht jetzt! Sollte euch bisher niemand beigebracht haben, was Anstand ist, werde ich das jetzt nachholen. Ihr glaubt, ihr seid sehr schlau und sehr mutig, stimmt's? Von wegen. Wahrscheinlich seid ihr ein Haufen Kindsköpfe, die noch an Mamas Rockzipfel hängen. Für euch ist alles einfach, nicht wahr? Ihr habt den Lehrer Montano umgebracht und glaubt, ihr werdet straffrei davonkommen. Na schön, so wahr ich Petra Delicado heiße: Wenn ich mit euch fertig bin, wird euch die Lust am Leben vergangen sein.«

Ein Junge, der wie ein Teenager aus einer Fernsehserie aussah, erhob sich und sagte im Brustton der Überzeugung:

»Sie haben kein Recht, uns so zu behandeln. Das ist verfassungswidrig!«

Ich schoss wild entschlossen auf ihn zu:

»Meine Güte! Und du, wer bist du, der Anwalt des Volkes oder so etwas?«

»Ich bin der Klassensprecher«, antwortete er kleinlaut, und sein heldenhafter Auftritt geriet ins Schwanken.

»Und was soll das heißen? Dass du dich stellvertretend schuldig bekennst?«

Er zögerte und begann, auffallend zu zittern. Eine Klassenkameradin mit blauen Augen und Engelsgesicht erklärte mir:

»Er ist an gar nichts schuld. Er ist demokratisch gewählt.«

»Verdammt, die Lektion eurer Rechte und der Demokratie habt ihr aber gut gelernt!«

Garzón, der sich offensichtlich Sorgen machte, dass meine Taktik allmählich dem guten Ruf der Polizei schadete, ergriff erneut die Initiative und rief:

»Wisst ihr, was wir tun werden? Bevor die Inspectora eine nicht wiedergutzumachende Entscheidung trifft, werden wir jetzt leere Zettel austeilen. Dann wird jeder von euch ganz persönlich und nach bestem Wissen und Gewissen den Namen des Schuldigen daraufschreiben. Niemand wird erfahren, von wem die Information stammt. Auf diese Weise wird eure Anonymität gewahrt, und ihr erfüllt eure Pflicht.«

Die Idee war gut und zudem ein Klassiker. Dennoch kam sie mir ein wenig kindisch vor, aber schließlich hatten wir es mit einem Haufen von Kindsköpfen zu tun, die sich an die primitive Verhaltensregel klammerten, ein Verräter zu sein sei das Schlimmste überhaupt.

Garzón verfügte über die heilige, oder besser noch dickfellige Geduld, gleich große Zettelchen zurechtzuschneiden, die er an alle Schüler verteilte. Dann forderte er sie in einem oberlehrerhaften Ton auf, erst einen Moment nachzudenken, dann den Namen des Verantwortlichen aufzuschreiben und den Zettel zusammenzufalten. Es verblüffte mich, diese pädagogische Ader an ihm zu entdecken. Dann sammelte er die Zettelchen wieder ein, während ich die Klasse nicht aus den Augen ließ, und zwar mit einem Blick, als würde ich sie zum Abendessen verspeisen wollen.

Damit es schneller ging, erledigten wir die »Auszählung« mithilfe der Klassenlehrerin und der Direktorin. Schon auf halbem Weg machte sich Enttäuschung breit, deren Höhepunkt bald erreicht war: Die meisten Zettel waren leer. Jemand hatte mit zittriger Hand geschrieben: »Wir können nicht reden, wir sind gute Klassenkameraden.« Auf einem anderen Zettel stand: »Es war nur ein Unfall.« Ein unverbesserlicher Witzbold erklärte unverfroren: »Jack the Ripper hat ihn umgebracht.« Schlussendlich klagte einer, der seine Lektion offenbar nicht gelernt hatte: »Polizei gleich Unterdrückung.«

»Und jetzt?«, fragte die Direktorin, als wäre das Ergebnis nicht offensichtlich. Garzón zog eine Grimasse, als er sagte:

»Wenn ich den, der das mit Jack the Ripper geschrieben hat, erwische, der wird sein blaues Wunder erleben.«

»Vergessen Sie's, Fermín. Wir haben keine Zeit für Bestrafungen. Tatsächlich gibt es nur einen Zettel, der einen Hinweis enthält, und das ist der, auf dem steht: ›Es war nur ein Unfall.‹ Vielleicht wagt es derjenige, der das geschrieben hat, die Wahrheit zu sagen.« Ich wandte mich fragend an die Lehrerinnen.

»Könnten Sie herausfinden, wessen Schrift das ist?«

Bevor sie antworteten, stöhnten beide auf.

»Das wird schwierig. Bestimmt hat derjenige versucht, seine Schrift zu verstellen, um so die Zuordnung zu verhindern.«

»Wir lassen uns aus dem Kommissariat einen Graphologen schicken. Holen Sie mir die letzten Klassenarbeiten dieser Schüler.«

»Ich werde Ihrem Experten helfen«, erbot sich die Klassenlehrerin.

»Gut. Um keine Zeit zu verlieren, schlage ich vor, dass Leute mit Spezialwissen oder Einfluss der Klasse noch einmal ins Gewissen reden. Gibt es da jemanden?«

»Den Pfarrer und den Schulpsychologen.«

»Lassen Sie beide herkommen.«

Ich erlaubte, dass den Schülern Sandwiches und Getränke ausgeteilt wurden. Wenn wir seitens der öffentlichen Meinung schon Lynchjustiz riskierten, sollten sich die Schüler hinterher nicht auch noch in geschwächtem Zustand befinden. Inzwischen arbeitete das Graphologenteam mit Volldampf, und die Fachleute für Geist und Seele klopften die Schüler in persönlichen Gesprächen weich. Ich war immer noch fest davon überzeugt, dass unsere Chancen, den Fall zu lösen, deutlich sinken würden, sollten die Schüler gehen dürfen, ohne »gesungen« zu haben.

Der Psychologe, ein hochgewachsener junger Mann mit einer gewissen spirituellen Ausstrahlung, hielt sich eine Dreiviertelstunde im Klassenzimmer auf. Als er wieder herauskam, sprach sein Gesichtsausdruck Bände.

»Da ist nichts zu machen. Das Gruppenbewusstsein dominiert ihr Individualbewusstsein. Ich gebe mich geschlagen.«

Jetzt war der Pfarrer dran. Wir würden ja sehen, ob das, was mit Freud nicht zu schaffen war, mit Gott zu erreichen wäre. Aber nein, offensichtlich hatte der Materialismus unserer Gesellschaft auch diese jungen Leute durchdrungen. Vom Wort Gottes ließen sie sich mitnichten überzeugen.

Unsere letzte Hoffnung war jetzt der Graphologe, und sein Gutachten ließ ziemlich lange auf sich warten. Am Ende, als von der höchstrichterlichen Frist nur noch eine Stunde blieb, waren unsere Spezialisten zu einem mehr oder weniger eindeutigen Ergebnis gekommen. Die Handschrift stammte von einem Mädchen: Patricia Beltrán.

Wir riefen sie ins Rektorenzimmer, das sie mit Tränen in den Augen betrat. Umso besser, je schlechter ihr Gemütszustand, desto weniger würde man sie einschüchtern müssen. Tatsächlich war es gar nicht nötig, Druck zu machen, denn als wir ihr sagten, dass ihre Schrift identifiziert worden sei und dass wir glaubten, sie kenne die Wahrheit, brach sie zusammen. Sie begann ihr Geständnis mit einer Forderung:

»Versprechen Sie mir, dass Sie ihm nichts tun werden. Sonst rede ich nicht.«

Es handelte sich also um einen Verrat, und wie wir schon bald erfahren sollten, machte das Mädchen den Mund nur auf, um ihren Freund Iván Lozano zu schützen. Es war folgendermaßen abgelaufen: Lozano, der rebellischste Halbstarke der Klasse, wollte dem Lehrer beim Betreten des Klassenzimmers einen Streich spielen, um ihn vor der ganzen Klasse lächerlich zu machen. Er nahm einen der Lautsprecher der Musikanlage, wie sie in allen Klassenzimmern steht, und stellte ihn auf die angelehnte Tür und den Türstock. Wenn Montano durch die Tür trat, würde der Lautsprecher zwar herunterfallen, aber am Kabel hängen bleiben. Es würde nichts passieren, der gute Mann würde sich nur ordentlich erschrecken und mit ein wenig Glück so grotesk verrenken, um dem vermeintlichen Geschoss auszuweichen, dass die Klasse sich kaputtlachen konnte.

Aber Montano kam an diesem Tag besonders schlecht gelaunt zum Unterricht und stieß die Tür ungewohnt heftig auf. Dabei riss das Kabel aus der Wand, und der schwere Lautsprecher landete hochkant auf Schädel und Schläfe des unglücklichen Altphilologen. Entsetzt hatten die Schüler mit einem Lappen das Blut vom Lautsprecher gewischt und ihn wieder an seinen Platz gestellt. Deshalb war keine Mordwaffe zu finden gewesen.

»Ich habe einmal einen Film gesehen, in dem ein Junge einen tödlichen Unfall verursachte und dann in ein kriminelles Umfeld geriet. Ich liebe Iván zu sehr, um zuzulassen, dass ihm so etwas passiert«, beendete Patricia ihre Aussage schluchzend.

Na fein, mehr gab der Fall nicht her. Iván Lozano gestand die Tat in der festen Überzeugung, den Rest seines Lebens wie der Graf von Monte Cristo in einem unterirdischen Verlies zu versauern, denn das war die Pflichtlektüre dieses Schuljahres gewesen.

»Sehen Sie«, sagte ich beim Kaffeetrinken im Kommissariat zu Garzón. »Aus Kameradschaft wird man nicht zum Verräter, aus Liebe schon, wenn auch mit besten Absichten.«

»Ich wusste, dass Sie zu einer derart sonderbaren Schlussfolgerung kommen würden, lassen Sie es besser. Was, glauben Sie, wird das Gericht mit dem Jungen machen?«

»Ich weiß es nicht, hoffentlich irgendetwas, das ihm die Lust auf solche Scherze vergehen lässt.«

»Was auch immer es sein wird, Montano erweckt es nicht mehr zum Leben.«

»Und es gibt auch den Altphilologen ihren Kollegen nicht zurück.«

»Requiescat in pace« schloss mein Kollege mit einem Rückgriff auf sein Kirchenlatein.

»Amen«, säuselte ich.

Übrigens, die Presse machte uns die Hölle heiß: Wir hätten uns an der Jugend vergangen, die bekanntlich eine Gabe Gottes und die größte Hoffnung unseres Landes ist.

»Spannende Geschichte, tolle Charaktere und eine freche Sprache – mehr davon!«

LAURA

Alicia Giménez-Bartlett
SAMARITER OHNE HERZ
Petra Delicado löst
ihren sechsten Fall
Aus dem Spanischen von
Sybille Martin
BLT
416 Seiten
ISBN 978-3-404-92246-8

Ein Stadtstreicher wird auf einer Parkbank im »Parque de la Ciudadela« aufgefunden, brutal verprügelt und elend zugrunde gegangen – ein Verbrechen, so armselig und erbärmlich, dass selbst der schlagfertigen Inspectora Petra Delicado für einen Moment die Worte fehlen. Doch der Tote hat Spuren hinterlassen; sie führen mitten hinein in die bürgerliche Welt der »Gutmenschen« von Barcelona, deren Heiligenschein nicht ganz so hell strahlt, wie er sollte … All das trifft die Inspectora im denkbar schlechtesten Moment: Sie selbst muss Entscheidungen von größter Tragweite fällen, denn ihr neuestes Liebesabenteuer macht Ernst und ihr treuer Subinspector Fermín Marquéz braucht dringend moralische Unterstützung …

BLT

»Eine beeindruckende Sammlung aus der Feder der Meister des italienischen Krimis.«

LA REPUBBLICA

Giancarlo De Cataldo (Hg.)
ICH WEISS
UM DEINE DUNKLE SEELE
Italien-Krimis
Aus dem Italienischen von
Moshe Kahn, Rita Seuss und
Katharina Schmidt
BLT
448 Seiten
ISBN 978-3-404-92288-8

Ein kokainsüchtiger Chirurg plant einen teuflischen Coup.

Eine harmlose Liebesgeschichte weitet sich aufgrund von Missverständnissen zu einer verhängnisvollen Affäre aus.

Der berufliche Ehrgeiz lässt einen Polizisten zum Mörder werden…

»Neun faszinierende Geschichten ganz unterschiedlicher Couleur, in denen sich die Abgründe einer schnelllebigen modernen Gesellschaft widerspiegeln.« CORRIERE DELL' UMBRIA

BLT